Nick Living

BESUCH halb 11

Unfassbare Geschichten

Manche Dinge glaubst du nicht
Doch sie sind ganz nah bei dir
Sie sind nichts, sind kein Gesicht
Und du träumst und glaubst es nicht
Dabei sind sie lang schon hier

Impressum

Herstellung und Verlag:
BoD - Books on Demand, Norderstedt
ISBN 978-3-7357-3953-7
Für den Inhalt des Buches zeichnet der Autor verantwortlich
© 2014

1. Die schwarze Frau
2. Der Kuss des Todes
3. Der Clown
4. Der letzte Zeuge
5. Die Einladung
6. Der Tod, und dahinter die Unendlichkeit
7. Das Gesicht
8. Fischmensch
9. Geisterfahrer
10. Das fremde Herz
11. Die Creme der Schönheit
12. Das Handtuch
13. Kohlenmonoxid
14. Internetverbindung
15. Die Verwandlung
16. Virtueller Assistent

17. Die Hoffnung
18. Taxi
19. Zurück zum Nil
20. Späte Rache
21. Die seltsame Wohnung
22. Der Grabräuber
23. In Ewigkeit
24. Das Luftschiff
25. Schulstunde des Grauens
26. Unschuldig
27. Nordlichter
28. Der Duft der Liebe
29. Los Angeles – Ministory
30. Timmis Bild
31. Rache der Vergangenheit
32. Heimflug
33. Hexenfluch

1. Die schwarze Frau

Ob es Halluzinationen waren oder Realität, das kann ich heute nicht mehr sagen. Ich weiß nur, dass eines Tages eine völlig aufgelöste junge Frau vor meiner Tür stand, die immerfort von einer schwarzen Frau phantasierte. Sie habe angeblich regungslos im Zimmer gestanden und ein starres Gesicht gehabt. Als sie wenig später verschwand, kam angeblich der Tod über ihre Familie. Zuerst verschwand ihr damaliger Freund auf Nimmerwiedersehen und später starb ihr neuer Lebensgefährte bei einem schweren Autounfall. Sein Fahrzeug sei gegen einen Brückenpfeiler gerast! Alles innerhalb eines Jahres! Letztlich erinnerte sie sich nur daran, dass sie gerade eben von dieser schwarzen Frau verfolgt wurde. Sie sei ihr überall erschienen und bedrängte sie überall, wo immer sie sich aufhielt. Die junge Frau zitterte am ganzen Leib und hatte wohl furchtbare Angst vor dieser unerklärlichen Erscheinung. Und ich gebe zu, dass mir ihre Erzählung mehr als nahe gegangen war. Wie konnte es nur so viel Unheil geben? Und dann dieser rätselhafte Spuk … Ich nahm die vor Angst bebende Frau in meine Arme und hielt sie ganz fest. Sie brauchte viel Zuspruch und erst einmal ein bisschen Hilfe. Wir unterhielten uns den ganzen Abend. Dann wollte sie wieder gehen. Die Polizei alarmierte sie nicht. Sie meinte nur, dass sie ja am Leben sei und schon irgendwie damit fertig würde. Die Polizei konnte sie jetzt nicht gebrauchen. Angeblich regte es sie einfach zu sehr auf. Als sie mein Haus verließ, schaute ich ihr durch die Gardinen hinterher. Ich machte mir große Sorgen um sie. Diese arme Frau musste so viel durchmachen. Wie hielt sie das nur aus? Und was war das für eine schwarze Frau, die angeblich ständig bei ihr erschien? Ich konnte mir keinen Reim darauf machen. Am nächsten Tag wunderte ich mich über das starke Polizeiaufgebot auf der Straße. Einige Häuser weiter wurde eine Tote gefunden. Sie wurde vergiftet, aber der Täter sei flüchtig. Ich erfuhr, dass es sich bei der Toten um die junge Frau handelte. Es war jene junge Frau, die mich am Vortage besucht hatte! Und es war ganz komisch, aber als ich an der Garageneinfahrt ihres Hauses stand, entdeckte ich etwas Schwarzes im Gras. Ich hob es auf und hielt ein schwarzes Tuch in meinen Händen, so eine Art Schleier. Schlagartig fiel mir ein, wie die junge Frau von einer schwarz gekleideten Frau erzählte. Sollte diese Erzählung wirklich gestimmt haben? Oder gehörte ihr der schwarze Schleier am Ende selbst? Ich nahm den Schleier an mich und spürte im gleichen Augenblick, dass sich etwas Merkwürdiges mit diesem Stück Stoff verband. Ich konnte es mir nicht erklären, aber seitdem der Schleier in meinem Besitz war, musste ich nur noch an die junge Frau denken. Eines Tages ging ich zum Friedhof und ließ mir die Grabstelle der Frau zeigen. Es war ein Familiengrab, in welchem auch ihr verstorbener Lebensgefährte lag. Ich hatte den schwarzen Schleier in meinen Händen und saß auf einer Bank neben dem marmornen Grabstein. Gab es eine Verbindung zwischen dem Schleier und dieser Familie? Ich wusste natürlich, wie absurd dieser Gedanke war. Dennoch ließ er mich einfach nicht mehr los. Als ich den Grabstein anschaute, bewegten sich der Äste der Bäume, die das Grab einsäumten. Ich schaute auf und erschrak. Zwischen den Bäumen stand eine schwarz gekleidete alte Frau. Sie hatte ein fahles, weißes Gesicht, welches eisige Kälte ausstrahlte. So etwas hatte ich nie zuvor gesehen. War das etwa diese rätselhafte Frau, von der die Verstorbene gesprochen hatte? Aber wieso verband sich so viel Leid mit dieser Erscheinung? Ich hielt den schwarzen Schleier in die Luft und starrte die Alte genauso starr an wie sie mich. Plötzlich streckte sie ihre Hand aus und griff nach dem Schleier. Ich gab ihn ihr. Wortlos verschwand sie und nahm den Schleier mit sich. Nachdenklich schaute ich wieder auf das Grab der jungen Frau. In dem Grabstein waren auch Bilder der Toten eingelassen. Diese Augen … sie hatten solch eine starke Ausstrahlung … was war das nur? Sie schauten mich so an, als wollten sie mich verzweifelt um Hilfe bitten. Wollten sie mir sagen, dass ich das

Geheimnis dieser schwarzen Frau lüften sollte? In meinem Herzen spürte ich, das es genau so war. Ich musste herausfinden, wer sich hinter dieser seltsamen schwarzen Frau verbarg. War diese schwarz gekleidete Frau vielleicht so etwas wie ein böses Omen?

Ich fuhr wieder nach Hause und schaute im Lexikon nach, ob ich zu solch einem Thema etwas fand. Doch außer einigen parapsychologischen Erklärungen, die mich nicht weiter brachten, fand ich nichts. Und mir wurde etwas klar. Nur diese schwarze Frau selbst konnte mich auf eine Spur bringen. Aber wie fand ich zu ihr? Die Antwort auf diese Frage sollte sich Tage später auf dem Highway ergeben. Ich war mal wieder unterwegs, um für meine Firma irgendwelche Neuentwicklungen an den Mann zu bringen. Plötzlich knallte es … offenbar war ein Reifen geplatzt … der Wagen brach aus. Da ich noch ziemlich schnell fuhr, schlingerte das Auto über die Fahrspuren, geradewegs auf einen Brückenpfeiler zu. Kurz vor dem Pfeiler erschien sie … die schwarze Frau … sie schwebte wie der leibhaftige Tod vor meinem Wagen und starrte mich an. Ihre schwarzen Schleier, die ihren gesamten Leib einhüllten, wehten im Wind. Sie breitete ihre Arme aus und verschwand wieder. Im gleichen Augenblick flog mein Fahrzeug am Brückenpfeiler vorbei und kam mitten auf einer Wiese zum Stehen. Zunächst konnte ich nicht mehr rational denken. An die schwarze Frau dachte ich gar nicht. Ich war lediglich heilfroh, dass ich noch lebte. Am Ende glaubte ich, das ich mir diese Erscheinung nur eingebildet hätte. Vermutlich beschäftigte mich dieses Thema zu sehr und der Wagen war rein zufällig nicht gegen die Brücke gerast. Vielleicht hatte ich einfach nur Glück gehabt? Nachdem ich wieder zu mir gekommen war, wechselte ich den Reifen und fuhr weiter. Die schwarze Frau zeigte sich nicht mehr. Doch irgendwie schien mich diese Erscheinung überhaupt nicht mehr los zu lassen. Mehr und mehr drang sie in mein Leben ein. War es das Versprechen, welches ich dieser ausgelöschten Familie am Grab gegeben hatte oder vielleicht nur mein eiserner Wille, hinter das Geheimnis zu kommen? Ich konnte es mir nicht erklären. Aber es hatte mich gepackt. Also fuhr ich zurück zur Brücke, wo sie mir erschienen war. Und tatsächlich … als ich auf der Wiese neben den Brückenpfeilern stand, erschien sie plötzlich vor mir … die schwarze Frau. Sie starrte mich nur an und mir lief ein eiskalter Schauer über den Rücken. Vielleicht waren es auch diese plagenden Ängste, die es mir so kalt werden ließen? Die Erscheinung schwebte vor einem kleinen Bäumchen. Und jetzt fiel mir auf, dass es gar kein starrer Blick war, der mich traf. Nein, es war ein endlos trauriger Blick. Offenbar konnte diese schwarze Frau gar nicht anders, als immer nur so tief traurig zu schauen. Aber warum hatte sie eine ganze Familie in den Tod getrieben? Hatte sie das überhaupt, oder dichtete ich mir das nur selbst zusammen, weil es eben eine schwarze Frau war und keine weiße? Die Erscheinung schwebte sehr lange vor mir und schaute mich nur an. Als sie sich langsam in Luft auflöste, ging ich zu dem kleinen Bäumchen und schaute mich um. Ich hatte den

Drang, nach irgendetwas zu suchen, nur wonach? Mein eigenes Handeln jagte mir plötzlich Angst und Furcht ein. Was tat ich da überhaupt? Im Gras blinkte etwas … ich hob es auf … es war ein silberner Ring. Gehörte er dieser ominösen Frau? Ich nahm ihn mit nach Hause und betrachtete ihn unter einer Lupe. Auf der Innenseite der Ringschiene entdeckte ich eine winzige Inschrift … es war ein Name … Andrea Batano. Wer konnte das nur sein? Ich legte den Ring weg und ging ins Bett. Dieser Tag war anstrengend genug. Schnell schlief ich ein und träumte lauter dummes Zeug. Mir erschien die schwarze Frau. Sie hatte den silbernen Ring am Finger und zeigte ihn mir. Doch sie schwieg, sprach nicht ein Wort. Was hatte das alles nur zu bedeuten? Gleichzeitig hörte ich so eine seltsame Klaviermusik. Es war, als spielte jemand ein Klavierstück. Es schallte entsetzlich … und es wurde immer lauter. Schweißgebadet erwachte ich. Nervös und mit zittrigen Händen wischte ich mir den Schweiß von der Stirn und schaute zum Fenster. Vor der wehenden Gardine schwebte die schwarze Frau und starrte mich an. Langsam fühlte ich mich schuldig … wollte mich diese Erscheinung in den Wahnsinn treiben? Ich hielt diesen Spuk einfach nicht mehr aus, stand auf und schloss das Fenster. Die Frau verschwand und ich stellte mich unter die Dusche. Ich ließ das eiskalte Wasser über meinen heißen Körper rieseln und glaubte, damit hätte ich meine Lebensgeister zurück gewonnen. Dann zog ich mich an und fuhr wieder zur Brücke, wo ich den Ring gefunden hatte. Mir ließ das Ganze einfach keine Ruhe mehr. Mittlerweile war ich mir sicher, dass mir die schwarze Frau irgendetwas sagen, vielleicht sogar etwas zeigen wollte. Stundenlang saß ich im Gras vor dem kleinen Bäumchen. Doch die Erscheinung kam nicht. Machte sie sich am Ende lustig über mein Verhalten. Sicherlich wurde auch ich immer sonderbarer. Ich wusste das genau. Und ich musste aufpassen, dass es nicht total Besitz von mir ergriff. Wenn sich das herum spräche, könnte ich von meinem Chef gefeuert werden. Oder war es genau das, was diese schwarze Frau wollte?

Wollte sie mich vernichten? Aber was machte das für einen Sinn? Meine Gedanken schossen Purzelbäume. Ich konnte meine Sinne kaum noch ordnen. Doch ich dufte jetzt nicht aufgeben. Ich musste weiter machen. Das war ich mir und den bereits Verstorbenen schuldig. Meine Armbanduhr zeigte Vier Uhr an. Plötzlich wurde das Wetter immer schlechter. Ein heftiger Sturm kam auf, er wurde stärker und stärker, formte sich zu einem Tornado. Sein Trichter wischte den Dreck und alles, was ihm in die Quere kam, fort. Mein Auto schien als Nächstes dran zu sein. Doch da erschien die schwarze Frau und der Tornado fiel wieder in sich zusammen. So, als hätte es ihn niemals gegeben, verschwand er im Nichts. Die schwarze Frau schwebte noch minutenlang neben meinem Fahrzeug bis sie schließlich ebenfalls verschwand. Immerhin … sie hatte mir nun schon mehrmals das Leben gerettet. Das passte doch so gar nicht mit dem Tod dieser Familie zusammen. Verband diese Erscheinung Leben und Tod? War sie am Ende vielleicht sogar beides … das Leben und der

Tod? Kopfschüttelnd erhob ich mich und trottete zu meinem Wagen. Ich wollte los fahren, doch irgendetwas schien mich aufzuhalten. Obwohl ich es wollte, konnte ich nicht losfahren. Ich legte meinen Kopf aufs Lenkrad und wusste mir keinen Rat mehr. Vermutlich war das die Vorstufe des Wahnsinns. Mir wurde klar, dass ich dringend eine Erleuchtung brauchte. Ich musste unbedingt wieder Normalität in mein Leben bringen. Doch vorher musste ich diesen Fall aufklären. Ich brauchte diese Gewissheit, um weiter leben zu können. Und vielleicht wollte diese rätselhafte schwarze Frau genau das? Quälende Minuten vergingen … entsetzliche Stunden … und noch immer hockte ich in meinem Fahrzeug und wusste mir keinen Rat. Wieder stieg ich aus dem Wagen und lief über die Wiese. Irgendetwas musste hier noch sein. Nirgendwo außer hier lag die Lösung. Es dämmerte bereits und ich suchte den Rasen ab. Ich wusste nicht, wonach ich suchte, aber ich wollte etwas finden. Und endlich fand ich auch etwas … einen nackten Erdhügel, den vermutlich der

Tornado frei gelegt haben musste. Keine Ahnung warum, aber ich begann mit meinen bloßen Händen die Erde weg zu kratzen. Wie ein Maulwurf buddelte ich mich in die Erde hinein. Und dann stieß ich auf eine leblose Hand. Ich bekam einen entsetzlichen Schreck! Die Hand gehörte zu einem jungen Mann, der hier offenbar vergraben wurde. Ich rannte zu meinem Fahrzeug und holte eine kleine Schaufel. Damit legte ich den Toten frei … dann rief ich die Polizei! Man fand heraus, dass es sich bei dem jungen Mann um einen italienischen Pianisten handelte … sein Name war Andrea Batano. Er war mit der jungen Frau leiert, die vergiftet wurde. Der junge Mann hatte eine wohlhabende Mutter. Sie hatte ein Milliardenvermögen von ihrem lange verstorbenen Mann geerbt. Das Geld jedoch sollte nur der Sohn erben und nicht seine Ehefrau. Doch die geldgierige junge Frau vergiftete zuerst die Mutter und wenig später auch den Sohn. Sie verscharrte ihn auf der Wiese, wobei ihr der neue Lebensgefährte behilflich war. Es war der silberne Ring, der mich auf die richtige Spur brachte. Der gehörte Andrea Batano. Zu seinen Lebzeiten hatte er ihn von seiner Mutter geschenkt bekommen. Die Polizei befragte mich lange zu diesem Fall. Bei dem Verhör wurde mir auch das Bild von Andreas´ Mutter gezeigt. Man wollte von mir wissen, ob ich sie schon einmal gesehen habe. Denn ihren Leichnam hatte man nie finden können. Als ich ihr Foto sah, erschrak ich … es war die schwarze Frau, die mir monatelang erschien. Und plötzlich formte sich das Ganze zu einem stimmigen Bild. Die junge Frau hatte mir ihre Betroffenheit nur vorgespielt. Doch letztlich kam sie auf die gleiche Weise ums Leben wie ihre Opfer … sie wurde vergiftet. Auch ihr neuer Lebensgefährte erhielt seine Strafe. Neben der Wiese, auf welcher sie den Pianisten begraben hatten, sollte auch er zu Tode kommen. Die Brücke, die neben der Wiese stand wurde zu seinem Grab. Warum die schwarze Frau jedoch ausgerechnet mich auf diese Spur brachte, wusste ich nicht. Tage später fuhr ich erneut an der Wiese mit der Brücke vorbei. Plötzlich zeigte sich eine seltsame Erscheinung neben meinem

Fahrzeug und schien mit gleicher Geschwindigkeit mit zu fliegen … es war die Mutter des Ermordeten … nur war sie diesmal in weiße Schleier gekleidet, nicht in schwarze. Und in ihren Augen entdeckte ich plötzlich Leben … das erste Mal sah ich sie weinen und ich glaubte zu hören, wie sie zu mir sprach: „Danke, Du hast unsere Seelen gerettet." Doch das allermerkwürdigste war, dass ich seit diesen mysteriösen Ereignissen ein mir bis dahin vollkommen unerkanntes Talent in mir verspürte. Ich konnte wunderbar Klavierspielen, ohne das ich es je erlernt hatte …

2. Der Kuss des Todes

Ich kannte mal einen total verrückten Typen namens Bill. Wir arbeiteten damals zusammen in einem kleinen Zeitungskiosk zur Aushilfe. Er glaubte an Horoskope und kaufte sich jede Woche ein kleines Buch mit den Horoskopen der nächsten Tage. Leider hatte er auch noch ein anderes Laster … er betrog seine junge Ehefrau. Oft erzählte er mir von seinen nächtlichen Eskapaden. Seine Frau kam ab und zu in den Laden und stellte ihn dann zur Rede. Was darauf folgte, waren die schlimmsten Ehestreitigkeiten, die mir je zu Ohren gekommen waren. Jedes Mal verließ die junge Frau weinend das Geschäft. Sie tat mir sehr leid, denn sie sah sehr gut aus und hatte es eigentlich nicht nötig mit solch einem irren Spinner zusammen zu sein, der obendrein auch noch ein entsetzlicher Lügner war. Ich wünschte ihr einen netten Mann, ohne dabei an mich zu denken. Eines Tages betrat eine attraktive, gut gekleidete Frau den Laden und wollte sich eine aktuelle

Horoskop-Zeitung kaufen. Das schien Bill derartig anzumachen, dass er begann, mit der jungen Frau zu flirten. Misstrauisch beobachtete ich das Treiben und musste an seine Frau denken, die mindestens genau so hübsch war wie diese Kundin. Doch Bill schien sich an meinen kritischen Blicken nicht zu stören. Aalglatt schlich er um die Schöne herum und lud sie schließlich zum Abendessen ein. Natürlich wusste ich, dass Bill gar nicht das Geld besaß, um großartig auszugehen. Und ich wusste auch, wie seine Verabredungen endeten … in irgendeinem Bett eines üblen Stundenhotels. Aber ich schwieg. Ich wollte die junge Frau nicht beunruhigen. Sie sollte selbst ihre Erfahrungen mit diesem Bill machen. Als ich an der jungen Frau vorbeilief, um die Regale mit Zeitungen aufzufüllen, bemerkte ich so eine eigenartige Kälte. Es war ganz sonderbar, aber ich konnte es mir einfach nicht erklären. Auch erschien mir diese Frau derart couragiert, dass mir Bill beinahe schon leidtat. Aber ich wusste um sein aufdringliches und dreistes Verhalten, mit welchem er beinahe jede Frau herum bekam. Und ich wusste, dass er sich von niemandem reinreden ließ. So schien es auch diesmal wieder zu sein. Bill traf sich nach Dienstschluss mit der Schönheit und sagte seiner Frau, die daheim wohl schon mit dem Abendessen wartete, mit einer fadenscheinigen Lüge ab. Die schöne Kundin erschien vor dem Laden und gab Bill einen heißen Kuss auf die Wange. Der fühlte sich dadurch noch bestärkt und plusterte sich vor ihr auf wie ein Gockel. Schließlich hielt er der Schönen sogar die Wagentür auf, bevor sie endlich davon brausten. Am nächsten Morgen wunderte ich mich, dass Bill noch nicht im Kiosk war. Eigentlich war er stets vor mir im Laden und arbeitete dutzende Telefonate und Verabredungen mit seinen heimlichen Geliebten ab. Diesmal schien wohl irgendetwas dazwischen gekommen zu sein. Gegen Mittag erschien die Polizei. Sie fragte, ob ein gewisser Bill hier arbeiten würde. Ich bestätigte das und was mir die Beamten dann mitteilten, versetzte mir einen gehörigen Schock. Bill wurde tot in einem Motel, irgendwo am Highway aufgefunden. Er starb an einem Herzinfarkt. Vermutlich hatte er sich zu sehr über etwas aufgeregt. Man fand ihn nackt mit einem roten Lippenabdruck auf seiner linken Brust im Bett auf. Und auf seinem Bauch lag ein aufgeschlagenes Buch mit den Tageshoroskopen. Für den heutigen Tag stand in seinem Horoskop geschrieben: „Eine junge Schönheit wird Dir erscheinen. Sie wird Dir den Kuss des Todes geben ..."

3. Der Clown

Kurt musste zum Arbeitsamt. Er musste seine Stütze neu berechnen lassen, denn er bekam einfach keinen Job. Dabei meinte die nette Dame vom Amt, dass es doch genügend Arbeit gäbe. Aber er mit seinen Mitte Fünfzig … und ungelernt …? Er fühlte sich schuldig und so seltsam schwach, wenn er dort erscheinen musste. Auch diesmal schlich er sich wieder unsicher durch die hohe Eingangstür bis hinauf in die dritte Etage. Im Warteraum saßen dutzende Leute, die wohl ein ähnliches Anliegen hatten wie er. Es herrschte betretenes Schweigen in diesem sterilen Wartesaal und Kurt zog sich eine Nummer aus dem abgegriffenen Automaten … die 123. Bis zu dieser Nummer hatte er noch genügend Zeit, sich über den restlichen Tag Gedanken zu machen. Allerdings gab es da nicht sonderlich viel zu planen … Mittagessen … Kaffeetrinken. Alle zehn Minuten wurde das Schweigen von einem lauten Pfeifton unterbrochen.

Stöhnend erhob sich dann jemand von seinem Stuhl und verschwand lustlos in einem der vielen Beratungszimmer. Als Kurt endlich von seiner Nummer geweckt wurde, schlich er ängstlich und mit eingezogenem Kopf in das Büro der Beraterin. Die saß entschlossen auf ihrem Drehstuhl und betrachtete Kurt kritisch durch ihre riesige schwarze Hornbrille. „Na, noch nichts gefunden…!", fauchte sie ihn vorwurfsvoll an.
Kurt schüttelte mit dem Kopf und rang sich ein verirrtes Lächeln ab. „Dann müssen Sie eben mal n bisschen Zunder geben …!", meinte die Beraterin und schaute unentwegt in Kurts dicke Akte. Gerade wollte sie ihm einen Halbtagsjob in einer öffentlichen Toilette unterbreiten, da wurde die Tür aufgerissen. Die Beraterin holte zum Angriff aus und wollte sich echauffieren, da stutzte sie. Denn in der Tür stand ein bunter lustiger Clown mit einer feuerroten Pappnase! Sie konnte es nicht fassen … wie kam ausgerechnet ein Clown in diese so ernstzunehmende Behörde? Sie wollte den Clown wieder hinauswerfen, da begann dieser zu singen

und tanzte dabei wie aufgezogen im Zimmer herum. Er trällerte ein Lied nach dem anderen und rief in einem Fort: „Akrobat – schööön!". Gerade wollte die Beraterin etwas sagen, da erklärte ihr der Clown mit wenigen Worten, dass er auf der Suche nach Arbeitskräften sei. Ein neuer Zirkus sollte aufgebaut werden und dazu brauchte er dringend Leute. Die Beraterin wurde plötzlich ganz freundlich zu ihm und bat ihn, platz zu nehmen. Doch der Clown setzte sich nicht. Er rief nur: „Akrobat - schööön!" und sang weiter. Schließlich fragte er, ob sie ihm sofort die nötigen Leute mitgeben könnte. Ein wenig überfahren schaute sie zu Kurt und nickte dann zustimmend mit ihrem Kopf. Auch Kurt war einverstanden … warum sollte er eigentlich nicht als Clown arbeiten. Schließlich war er flexibel und konnte sich alles vorstellen. Nur zu Hause wollte er nicht länger herum hängen. Er wollte gebraucht werden, wieder spüren, dass es ihn gab. Und auf einmal wuchs er aus sich heraus. Erhobenen Hauptes stand er auf von seinem kalten Stuhl und atmete tief ein. Dann schaute er auf die Beraterin herunter und sagte: „Ja, ich mach's!". Der Clown, der das hörte, stand wieder in der Tür und rief in die schweigende Menschenmenge hinaus: „Und wie ist's mit Euch, Leute! Habt Ihr auch Lust, einen Zirkus mit aufzubauen? Ich nehme Euch alle! Wartet nicht so lange … fangt einfach an!". Zweifelnd schauten sich die Menschen in ihre traurigen Gesichter, und es schien beinahe so, als seien sie schon so niedergeschlagen, dass sie keinen eigenen Willen mehr hatten. Doch dann rief einer: „Ja klar mach ich das! Ich werde ein Clown!". Und als wären diese wenigen Worte ansteckend genug, begannen plötzlich alle laut zu rufen: „Wir machen das! Wir werden Clowns!". Die Beraterin, die all das mit offenem Munde miterlebte, verstand die Welt nicht mehr. Ausgerechnet ihr musste so etwas passieren. Bis eben glaubte sie noch, dass die Leute, die täglich zu ihr kamen, mehr oder weniger Lust zur Arbeit hatten. Doch auch sie spürte irgendwie, dass sie die alltägliche Arbeit abgestumpft hatte. Sollte sie tatsächlich bis zu ihrem Lebensende diese endlosen Tragödien ertragen? War da nicht noch mehr? Hatte nicht auch sie noch Gefühle und … Träume? Sie fühlte irgendetwas in ihrem Herzen, doch sie wusste nicht, was es war. Eine seltsame, schon lange nicht mehr gekannte Wärme stieg in ihr auf und sie rannte hinaus zu dem lustigen Clown. „Ich mache auch mit!", rief sie laut und die übrigen Leute starrten sie verständnislos an. Offenbar konnten sich die Leute den plötzlichen Gefühlsausbruch ihrer Beraterin nicht erklären. Glaubten sie doch stets, dass da vor ihnen ein seelenloser Stein saß, der stupide seine Arbeit nach Vorschrift ausführte … und nun wollte ausgerechnet die zum Zirkus … unbegreiflich! Die Leute sangen zusammen mit dem Clown und tanzten durch den Wartesaal. Einige von ihnen benutzten den Nummernautomaten als Musikinstrument und erzeugten mit ihm die hellsten Töne. Und der Clown sprang über die Gänge, und mit ihm zogen plötzlich hunderte von Menschen durch das Haus. Überall sang es und lachte es … so etwas hatten die kalten Mauern dieses ehrwürdigen Gebäudes wohl noch nie erlebt. Plötzlich schien die ganze Welt ein Zirkus zu sein. Alle fassten sich an den Händen und bildeten eine Polonäse … sie liefen singend und tanzend hinter einander her und waren sich einig … sie wollten zum Zirkus! Sie verließen das Gebäude und zogen singend zu einem großen Platz. Dort standen viele Zirkuszelte. Doch sie waren leer. Der Clown blieb stehen und rief laut: „Ihr braucht nichts zu lernen. Ihr braucht nur lustig zu sein und andere Menschen fröhlich zu machen. Dann habt ihr den Job. Wir können sofort beginnen! Akrobat – schööön!". Damit zog der Clown ein Megafon aus seinem weiten bunten Mantel und trötete hinein, dass alle Einwohner der Stadt sofort zum Zirkus kommen könnten. Für alle findet eine kostenlose Veranstaltung statt! Und da gingen die Türen und Fenster auf und tausende von Menschen strömten auf die Straßen. So viel Fröhlichkeit, so viel Leichtigkeit hatten die alten Straßen lange nicht mehr erlebt. An der Spitze trötete der Clown und hinter ihm lief die gesamte Schar der Bürger. Es war wie ein

Wunder. Und die erste Vorstellung wurde ein Riesenerfolg. Gegen Abend war der Zirkus aus. Der Clown war müde. Und die Leute wollten wieder nach Hause zu ihren Familien. Dennoch erkundigten sie sich, ob sie am nächsten Tage wieder kommen durften. Der Clown nickte und schaute den Leuten lange nach, als sie das große Zelt verließen. Es sah aus, als sei er zum ersten Male ein wenig traurig. Hatte er etwa eine versteckte Träne in seinem viel zu großen Knopfloch? Und ein letztes Mal winkte er ihnen zu und sagte leise: „Akrobat – schööön!". Am nächsten Morgen kamen alle Leute wieder zum Zirkus. Doch den Clown suchten sie vergebens. Und obwohl sie lange warteten, kam er einfach nicht. Nun wussten die Menschen nicht, was sie tun sollten. Doch sie erinnerten sich an die Worte des Clowns … wartet nicht so lange … fangt einfach an! Und die Menschen taten es … sie fingen einfach an! Sie übten und sie probten, und es entstand ein ganz neues Programm. Als sie es Tage später aufführten, waren sie derart erfolgreich, dass sie viel Geld einnahmen.

Damit konnten sie schließlich weiter ziehen. In jeder Stadt wurde die Veranstaltung ein riesiger Erfolg. Und die Menschen waren glücklich. Endlich hatten sie einen Job und konnten etwas tun. Sie wurden wieder gebraucht und gaben etwas für die Menschen. Das erfüllte sie mit großem Stolz. Sie hatten nicht auf ein Wunder gewartet – sie schafften sich selbst eines! Eines Tages, längst war der Zirkus über die Ländergrenzen hinaus bekannt geworden, fiel Kurt eine Tageszeitung in die Hände. Darin wurde an einen berühmten Clown erinnert … ein Clown, der immer und überall „Akrobat - schööön" rief und sang und tanzte. Und Kurt glaubte, in dem bunten Gesicht das Gesicht des Clowns zu sehen, welcher damals im Arbeitsamt erschien und den Menschen wieder Hoffnung gab. Es war das Gesicht des verstorbenen, weltberühmten Clowns Charly Rivel und Kurt schien es, als stünde jemand hinter ihm, der leise sang: „Akrobat – schööön!" …

4. Der letzte Zeuge

Es war ein spektakulärer Mordfall, der dann aber doch in den geheimen Akten der Bundespolizei verschwand. Ich hatte ihn miterlebt, saß im Zuschauerraum und kann bis heute nicht fassen, was ich da erlebte. Angeklagt wurde der 45 jährige Obdachlose Ben K. Er sollte den Inhaber einer Reinigungsfirma, Arnulf M. mit einem Messer heimtückisch ermordet haben. Die Indizien ergaben Folgendes. Arnulf M. wollte in der Nacht des 12. August nachdem er die Räume seiner Firma abgeschlossen hatte, in sein Fahrzeug steigen, um nach Hause zu fahren. Da erschien plötzlich Ben K., der wohl schon auf ihn gewartet hatte, mit vorgehaltener Waffe an seinem Fahrzeug und erpresste Geld von ihm. Arnulf M. jedoch hatte weder Geld bei sich noch war er bereit, dem Täter irgendetwas zu geben. Ben K. jedoch blieb stur und verlangte die Kreditkarte und die goldene Uhr von seinem Opfer. Doch auch das händigte ihm Arnulf M. nicht aus. Vielmehr startete er den Motor seines Wagens und wollte davonfahren. Da drückte Ben K. ab und erschoss ihn mit mehreren gezielten Schüssen in den Kopf. Dann nahm er ihm die Geldbörse und die goldene Uhr ab und verschwand. Doch er beging folgenschwere Fehler, lief sofort zu einer Bank, um Geld abzuheben. Er rechnete nicht damit, dass er beim Geldabheben fotografiert wurde. So konnte er schnell gefasst werden. Dennoch leugnete er alles und schob seine Verhaftung auf schlecht erkennbare Bilder der Überwachungskamera. Alles sei doch nur ein riesengroßer Irrtum. Sein gewiefter Verteidiger zweifelte die Fotos an und führte ins Feld, dass ja auch die Waffe nicht gefunden werden konnte. Der Verteidiger ging sogar so weit, in dem er behauptete, dass Arnulf M. ja schon insolvent war und sich vielleicht selbst umgebracht hatte. Die Waffe könnte ihm dann jemand weggenommen haben. Mit diesen Tricks und Lügen glaubten er und sein Mandant Ben K. den Fall gewinnen zu können. Und am letzten Verhandlungstag schien es beinahe so, als würde der Mörder tatsächlich ungeschoren davon kommen. Weil der Tote weder eine Ehefrau noch eine Familie besaß, hatte er auch nur wenige Menschen, die für ihn sprechen konnten. Lediglich seine Mitarbeiter sagten aus, dass Arnulf M. ein sehr guter und menschlicher Chef war, mit dem über alle Probleme jederzeit sprechen konnte. Und so feierte Ben K. bereits den nahen Sieg mit seinem Verteidiger und rechnete fest mit seiner baldigen Entlassung aus der Untersuchungshaft. Dennoch gab es einen letzten Zeugen, der sich kurz vor der Verhandlung telefonisch bei der Staatsanwaltschaft meldete. Er meinte, dass er alles gesehen habe und man erkennen würde, dass er recht habe. Er betonte, dass er einen eindeutigen Beweis mit sich führte. Die Staatsanwaltschaft, welcher die Bestrafung des Mörders sehr wichtig erschien, zeigte sich einverstanden und der Zeuge wurde zugelassen. Am Verhandlungstag hatten sich eine Menge Leute im Sitzungssaal des Schwurgerichts eingefunden. Auch Arnulfs Arbeitskollegen und deren Angehörige befanden sich unter den Zuschauern. Plötzlich erschien ein vollkommen in Schwarz gekleideter fremder Mann. Er trug einen langen schwarzen Mantel, eine riesige schwarze Sonnenbrille und einen schwarzen schmalkrempigen Hut. Außerdem hatte er ein seltsam fahles ausdrucksloses Gesicht. Die übrigen Zuschauer nahmen kurz Notiz von dem Fremden. Doch als Ben K. herein geführt wurde, schauten alle auf den Angeklagten und ein merkwürdiges Schweigen zog durch den Saal. Siegessicher nahm er mit seinem Verteidiger auf der Anklagebank platz und grinste eiskalt in die Menschenmenge. Der Verteidiger klopfte Ben K. zufrieden auf die Schulter. Mut machend zwinkerte er seinem Mandanten zu und nickte mehrmals zufrieden mit dem Kopf. Der Richter eröffnete die Verhandlung und Ben K's Verteidiger fasste noch einmal sämtliche Lügen und Schwindeleien seines Klienten zusammen. Zum Schluss seiner nahezu unerträglichen Tirade plädierte er auf „UNSCHULDIG"! Doch die Staatsanwaltschaft rief einen neuen Zeugen auf.

Einen Zeugen, der sich in allerletzter Minute gemeldet hatte und der vorgab, wichtige Details zu kennen. Es erhob sich der schwarz gekleidete Unbekannte und lief langsamen und bedächtigen Schrittes nach vorn zum Zeugenstand. Der Richter forderte ihn auf, die Sonnenbrille und den Hut abzunehmen. Doch der Unbekannte bat darum, die Brille wie auch den Hut bis zum Ende seiner Vernehmung tragen zu dürfen. Das wäre sehr wichtig für den Verhandlungsverlauf. Auch Angaben zu seiner Person wollte er ebenfalls erst nach seiner Vernehmung machen. Der Richter überlegte kurz, war aber schließlich einverstanden und wollte nun genaue Details hören. Mit rauchiger, unheimlicher Stimme begann der Zeuge zu erzählen … von der Nacht, als er Arnulf M. in den Wagen einsteigen sah und von Ben K., der plötzlich hinter einer Mülltonne hervor kroch. Er berichtete, dass Ben K. Geld und eine goldene Uhr von seinem Opfer erpresste. Schließlich wollte er sogar die Kreditkarte. Als er all das nicht bekam, sah er, wie Ben K. mehrmals auf ihn schoss und genau auf den Kopf seines Opfers zielte. Der Verteidiger unterbrach den Fremden. Kurz angebunden fuhr er ihn an, dass er das ja nicht beweisen könnte und die angebliche Tatwaffe nie gefunden werden konnte. Doch der Fremde lachte nur und meinte, dass er das sehr wohl beweisen könnte. Er sollte doch die Zeit abwarten und wo sich die Waffe befand, wusste er ganz genau. Dann sagte er mit gespenstisch monotoner Stimme, dass Ben K. die Waffe nach seiner Tat unter dem stählernen Firmenschild von Arnulf M´s Firma vergraben hatte, welches auf einer Wiese gleich neben dem Parkplatz der Firma stand. An dieser Stelle würde auch ein silberner Totenkopfring von Ben K. liegen, den er beim eingraben der Waffe dort verloren hatte. Wenn man die Waffe ausgraben würde, dann könnte man auch die Fingerabdrücke von Ben K. darauf entdecken. Nachdem der Fremde seine Ausführungen beendet hatte, wurde Ben K. plötzlich sehr schweigsam. Ja, es schien sogar, als entwich die Farbe aus seinem Gesicht … sie wechselte verräterisch von einem siegessicheren Rosa zu einem schockierten Grau. Da war kein Lachen mehr und auch kein Grinsen. Da gab es keine coolen Sprüche mehr und sein Verteidiger bat um eine kurze Unterbrechung. Der Richter gewährte diese Pause, doch er beorderte eine Einheit der Polizei zu Arnulf M´s Firma mit der Aufgabe, unter dem Firmenschild nach der Waffe und dem Totenkopfring zu suchen. Nachdem die Polizisten wieder zurückgekehrt waren, wurde die Verhandlung fortgesetzt. Der Richter verkündete, dass die Waffe sowie der Totenkopfring wirklich dort gefunden werden konnten. Und der Verteidiger räumte ein baldiges Geständnis seines Mandanten ein. Nun wollte der Richter wissen, wer der unbekannte Zeuge war. Er bat den Fremden, endlich die Sonnenbrille und den Hut abzulegen. Dieser tat wie ihm geheißen wurde. Langsam hob der Fremde die Brille von seiner Nase, nahm den schmalkrempigen Hut vom Kopf und wandte sich zu den Zuschauern. Sprachlos und vollkommen irritiert starrte der Richter, wie auch das gesamte Schwurgericht auf den Fremden. Den Zuschauern stockte der Atem und Ben K. sackte leblos zu Boden. Es war unfassbar … aber bei dem vermeintlichen Fremden handelte es sich um das Opfer, Arnulf M.! Und jetzt sahen alle auch die klaffenden Wunden an seinem Kopf. Es waren unzählige Einschusswunden, aus denen jedoch keinerlei Blut mehr hervortrat. Der Fremde stand auf und verließ regungslos den Sitzungssaal. Als sich die Menge wieder gefasst hatte, wollte man den Fremden zurückholen, doch der Gang vor dem Sitzungssaal war menschenleer. Für Ben K. kam jede Hilfe zu spät. Beim Anblick seines Opfers erlitt er einen schweren Herzinfarkt. Der umgehend gerufene Notarzt konnte nur noch seinen Tod feststellen. Der Richter telefonierte sofort mit der gerichtsmedizinischen Abteilung. Aber dort meinte man nur, dass sich die Leiche von Arnulf M. noch immer im Institut befände …

5. Die Einladung

Es war kein schönes Schloss, welches die junge Gräfin Karoline von Grecz einstmals bewohnte. Zwar erschien mir diese alte Ruine nicht gerade sehr anziehend. Und ich konnte mir fürwahr einen schöneren Ort für meine Urlaubsausflüge vorstellen. Doch die Mythen, die sich um die alte Gräfin rankten und das alte verfallene Schloss interessierten mich und zogen mich magisch an. In dem kleinen schlesischen Ort erzählte man mir die unfassbarsten Geschichten. Man meinte, die alte Gräfin sei zurückgekehrt und wollte angeblich das Schloss sanieren. Und immer wieder würde sie im Schlosshof lustwandeln und traurige Lieder singen. Ich konnte mir das wirklich nicht vorstellen und schon gar nicht erklären. Denn die Gräfin war seit hunderten von Jahren tot und Erben gab es bislang keine. Immer wieder schaute ich mir ihr Bild an. Mich interessierte diese märchenhaft schöne Frau. Diese Augen … dieser Blick … er hatte so eine seltsame Kühle. Ich mietete mir ein Zimmer in einer kleinen Pension und wollte genaueres über das alte Schloss und die seltsame Gräfin erfahren. Auch wollte ich etwas für die alte Schlossruine tun. Vielleicht konnte ich ja irgendetwas bewegen, sodass am Ende der Ort und natürlich die Menschen wieder einen schönen Ort der Erholung erhielten. Doch die Leute winkten ab. Sie hatten innerlich wohl schon abgeschlossen mit dem Kapitel und glaubten schon lange nicht mehr an einen Wiederaufbau der Schlossruine. Es fehlte einfach das nötige Geld dazu. Eines Tages erhielt ich eine seltsame Einladung … es war ein handschriftlich verfasster Brief mit der kunstvoll verschnörkelten Unterschrift von Gräfin Karoline. Zunächst glaubte ich an einen dummen Scherz, doch dann hoffte ich insgeheim, dass es vielleicht doch einen Nachfahren gäbe, der mir diese Einladung geschrieben haben könnte. Als ich die alte Schlossruine vor mir sah, überkam mich unweigerlich ein eiskalter Schauer. Die gesamte Anlage war eigentlich gar nicht mehr als Schloss zu erkennen. Die Gebäude waren zusammengestürzt und vollkommen von der üppig gedeihenden Natur in Beschlag genommen. Hinter dem Schloss erstreckte sich ein großes Waldgebiet. Dieser üppige Wald schien das Schloss über die Jahrhunderte überwuchert zu haben. Unzählige Sträucher und dicke Bäume erschwerten mir den Zugang. Dennoch wollte ich die Einladung wahrnehmen. Gespenstisch ragte die Ruine zwischen den Bäumen empor und der Wind verfing sich leise in den Mauerresten. Als ich mir mühsam den Weg ins Innere der Ruine gebahnt hatte, stand ich in einem kreisrunden Innenhof … das musste der Schlosshof sein. Plötzlich vernahm ich ein wehmütiges Singen. Ich konnte mir nicht erklären, woher es kam. Außerdem hätte es auch gut und gerne der Wind sein können, der an jedem Mauervorsprung und an jedem herum liegenden Stein einen anderen Ton hervorbrachte. Doch ich spürte es … es war nicht der Wind! Der Hof wurde von den düsteren Resten der Gebäude eingerahmt. Langsam legte sich die Dunkelheit über die verlassene Schlossanlage. So stellte ich mir ein Spukschloss vor … vor dem nächtlichen Sternenhimmel zeichneten sich die dunklen Silhouetten der Ruine ab. Und obwohl mir klar war, dass diese ominöse Einladung der vermeintlichen Gräfin nur ein Scherz sein konnte, spürte ich in mir eine unbändige Neugier. Ich musste einfach weitergehen. Mit meiner Taschenlampe leuchtete ich den Weg vor mir aus. Welches Geheimnis verbarg sich hinter der Einladung? Ich betrat eines der zusammengefallenen und vollkommen verwitterten Gebäude. Durch einen langen steinigen Gang gelangte ich schließlich in einen großen Saal. Ich konnte mir gut vorstellen, dass hier die Gräfin mit ihrem Hofstaate zu Abend speiste. Doch der Saal war kalt und leer. Nur große Steine und herunter gebrochene Mauerreste lagen überall herum. Der Wind pfiff durch die offenen Fenster und blies mir ins Gesicht. Es zog fürchterlich. Lange wollte ich mich hier nicht aufhalten. Stöhnend stieg ich die alten maroden Steinstufen hinauf in ein oberes Stockwerk. Doch auch dort das gleiche Bild. Im Licht meiner Taschenlampe zeigten sich nur

Trümmer und herunterhängende Dachbalken. Plötzlich war da wieder dieses merkwürdige Singen. Es schien langsam immer näher zu kommen. Ich schaute mich um, sollte ich mich verstecken? Doch es war keine Angst, die mir im Magen rumorte. Vielmehr war es die Ungewissheit, die sich zusammen mit meiner starken Neugier zu einem merkwürdigen Gefühl vermischte. Ich konnte es mir überhaupt nicht erklären, aber ich musste einfach weiter forschen. Nach der Devise „Mal sehen, was da noch kommt …". hielt ich kurz inne. Und da stand sie plötzlich … Gräfin Karoline! Wie eine unfassbare Erscheinung stand sie unter einem verwitterten Torbogen und sang ein trauriges Lied. Ich wusste nicht, was ich sagen sollte … diese Einladung … hatte sie tatsächlich diese alte Gräfin geschrieben? Das war doch vollkommen unmöglich! Die vermeintliche Gräfin, oder die Frau, die ihr so verblüffend ähnlich sah, stand jedoch leibhaftig vor mir und hatte Tränen in den Augen. Ich schaute sie an und lauschte wie verzaubert ihrem seltsamen Gesang. Als sie geendet hatte, sagte sie zu mir: „Es ist schön, dass Sie meiner Einladung gefolgt sind. Nun können Sie sehen, dass es dringend nötig ist, etwas in diesem Hause zu tun …". Noch immer fassungslos starrte ich sie an. Und nachdem ich mich stotternd vorgestellt hatte, sagte sie mir noch, dass sie mir später etwas zeigen müsste. Dann wandte sie sich traurig ab und lief zu einem der offenen Fenster. Von dort schaute sie nachdenklich in den Schlosshof hinunter. Dabei sagte sie etwas, das mich sehr verwunderte: „Meine Mutter, die Fürstin Amalia von Grecz lebt ebenfalls hier. Niemand hat sie je zu Gesicht bekommen, weil sie eine schlimme Krankheit hat. Sie sieht furchtbar hässlich aus und sie geht niemals aus ihrem Zimmer. Vielleicht liegt es ja daran, dass das Schloss so zerstört ist. Wir brauchen wirklich Ihre Hilfe, junger Herr.". Ich konnte mir die plötzliche Ehrlichkeit der Gräfin nicht erklären. Welche alte Fürstin meinte sie überhaupt? Von einer Amalia von Grecz hatte ich nie etwas gelesen oder gehört. Sollte in dieser alten Ruine tatsächlich eine längst verstorbene

Fürstenfamilie herumgeistern? Und wieso wollte sie mir etwas zeigen? Und … was wollte sie mir zeigen? Ich konnte es mir einfach nicht erklären und wollte mit ihr darüber sprechen. Doch sie klatschte in die Hände und augenblicklich stand ein wunderbar gedeckter Tisch in der Mitte des verwüsteten Saales. Mir blieb fast das Herze stehen … was ging hier nur vor? Wollte mir die Gräfin einige Zauberkunststücke vorführen? Die aber setzte sich wie selbstverständlich an die Tafel und begann zu speisen. Natürlich leistete ich ihr sofort Gesellschaft, denn es standen duftende Speisen auf dem majestätisch gedeckten Tisch. Überall standen schmiedeeiserne Leuchter mit langen brennenden Kerzen. Auch die kostbarsten Kristallgläser warteten auf den köstlichsten Wein, der in zwei Kristallkaraffen auf der Tafel verteilt war. Ich hatte den Eindruck, an einem Fest teilzunehmen. Plötzlich knirschte es auf dem Gang. Ein hölzerner Rollstuhl fuhr herein, in welchem regungslos eine schwarz gekleidete Frau saß. Der Stuhl rollte bis an den Tisch und blieb dann stehen. Die

Gräfin schaute kurz auf und meinte dann: „Gut dass Du kommst Mutter. Hier ist unser Gast …". War das die rätselhafte alte Fürstin, von welcher mir die Gräfin berichtete? Ich starrte auf die fremde Frau und konnte ihr Gesicht nicht sehen. Es wurde von einem schwarzen Schleier verhüllt. Auch bewegte sie sich nicht. Sie saß nur bei Tische und sprach kein Wort. Als die Gräfin zu Ende gespeist hatte, drehte sich auch der Rollstuhl mit der vermeintlichen Fürstin um und fuhr langsam und holpernd nach draußen. Die Gräfin verzog keine Miene, sie saß noch immer am Tisch und schaute zum Fenster. Das Erscheinen der schwarz gekleideten Fürstin löste ein wenig Unbehagen in mir aus. Es war, als hätte diese rätselhafte Erscheinung eine eisige Kälte in den ohnehin schon verkühlten Raum gebracht. Und was hatte es überhaupt mit der mysteriösen Gräfin auf sich? War sie wirklich eine Gräfin oder nur eine Frau, die ein übles Spiel mit mir trieb? Aber warum? Und wieso sah sie der echten Gräfin Karoline so ähnlich? Plötzlich hatte es die Gräfin recht eilig. Ohne mich auch nur eines Blickes zu würdigen stand sie vom Tisch auf und verließ den Saal. Dann hörte ich wieder dieses seltsame Singen. Als die Gräfin auf dem Gang entschwand, löste sich auch die Tafel vor meinen Augen in Luft auf. Natürlich erschrak ich mich fürchterlich. Doch auch mein Drang, hinter die mysteriösen Ereignisse zu blicken, wurde immer stärker. Ich lief aus dem Saal und wollte der Gräfin folgen. Doch der Gang vor dem Saal war menschenleer. Als auch noch der Gesang verstummte, wurde es mir recht unheimlich zumute. Ich lief den Gang entlang und stand plötzlich vor einer schmalen Wendeltreppe. Sie führte nach unten und ich stieg die teilweise zerbrochenen, wackeligen Steinstufen hinab. Ich musste wohl in den Keller gelangt sein, denn es wurde immer kälter. Die Feuchtigkeit ließ meine Brillengläser beschlagen. Mit meiner kleinen Taschenlampe leuchtete ich in den schmalen Gang vor mir. In einem Nebengelass sah ich den Rollstuhl, in welchem die alte Fürstin gesessen hatte. Doch der Rollstuhl war leer. Wo war die Fürstin geblieben? Gab es überhaupt diese Fürstin? War das nur Einbildung? Spinnerei vielleicht? Aber auch von der Gräfin fehlte jede Spur. Und obwohl ich mich schon lange nicht mehr so recht wohl fühlte, wollte ich doch wissen, was sich hier unten verbarg. Der Gang endete an einer leicht verwitterten Holztür. Ich wunderte mich, denn obschon im Schloss alle Türen offenstanden und teilweise gar nicht mehr vorhanden waren, schien diese Tür doch robust und nahezu unbeschädigt. Ich versuchte, die schmiedeeiserne verrostete Klinke zu drücken. Doch es funktionierte nicht … die Tür ließ sich nicht öffnen. Und da war wieder der seltsame Gesang. Er musste unmittelbar aus dem Raum hinter der Tür kommen. Ich schaute, ob es noch einen anderen Zugang zu diesem Raum gab. Allerdings fand ich keinen. Mit meinen Händen pochte ich laut und heftig gegen die Tür. Und plötzlich knackte es und die Tür sprang auf. Was sich dahinter verbarg, ließ mir das Blut in den Adern gefrieren. Vor mir, auf einer Holzpritsche lag die Fürstin und ihr Gesicht war nicht mehr verhüllt. Es war knochig und mumifiziert. Daneben saß die Gräfin und sang leise ihr Lied, welches ich überall hörte. Offenbar trauerte sie um die Fürstin, trauerte um ihre Mutter. War sie etwa gestorben? Die Gräfin schien keine Notiz von mir zu nehmen. Sie saß wie in Trance vor der Toten und sang leise ihr Lied. Plötzlich vernahm ich ein fernes Glockengeläut. Augenblicklich verstummte die Gräfin. Sie zeigte mit dem Finger auf eine Kiste unter der Pritsche und verschwand vor meinen Augen. Auch die Fürstin auf der Pritsche war nicht mehr da. Irritiert schaute ich auf das gruselige Geschehen, dann auf meine Armbanduhr. Sie zeigte Null Uhr … Mitternacht. Was ging hier nur vor? Ich starrte auf die leere Holzpritsche und zu der Kiste darunter. Kurzerhand zerrte ich sie hervor und entdeckte Unmengen von goldenen Bechern und Kannen darin. Das konnte doch gar nicht sein. Ich wischte mir die Augen, dich die Goldschätze blinkten und funkelten unermüdlich im müden Licht meiner Taschenlampe. Da sich weder die rätselhafte Gräfin noch ihre vermeintliche Mutter noch einmal zeigten, beschloss ich, sofort zur Polizei zu gehen, um meinen Fund zu melden. Doch dann zögerte ich … Zweifel kamen in mir auf. Würde man mir all das glauben? Und warum hatte die Gräfin, die es wohl tatsächlich selbst gewesen sein musste, ausgerechnet mir diesen Schatz gezeigt? Plötzlich glaubte ich zu wissen, was die Gräfin gemeint hatte. Vermutlich wollte sie, dass ich mich dem alten Schlosse annahm und es mit dem Erlös des Schatzes wieder aufbaute. Sie konnte es wohl nicht mehr, weil sie ihre Mutter pflegen musste. Als sie starb, hatte sie keine Kraft mehr und ließ alles verkommen. Nachdenklich verließ ich das Schloss. Ich beauftragte ein namhaftes Institut mit der Bergung des Schatzes. Und es stellte sich heraus, dass in den USA tatsächlich noch ein Nachfahre der Gräfin lebte. Der wusste nichts von einem Schloss. Er bekam den Schatz und baute das Schloss wieder auf. Es wurde ein Museum und Gräfin Karoline, sowie ihre Mutter Amalia erhielten eine eigene Grabstelle im Schlossgarten. Irgendwann saß ich auf der Terrasse meines Hauses und erinnerte mich an die unerklärlichen Geschehnisse. Schließlich wollte ich mir noch einmal die merkwürdige, handschriftlich verfasste Einladung der Gräfin anschauen. Ich wollte sie dem Nachfahren der alten Gräfin zukommen lassen. Denn immerhin war es die Einladung, die mich auf die Spur des alten Schatzes gebracht hatte. Ich hatte das Schreiben beinahe schon fast vergessen. Total zerknittert steckte es noch in meiner Jackentasche. Doch als ich es hervorholte, um es zu lesen, stellte ich erstaunt fest, dass das Papier, auf welchem die Einladung der Gräfin geschrieben wurde, leer war …

6. Der Tod, und dahinter die Unendlichkeit

Alberta fühlte sich schwach, sehr schwach. Und sie spürte genau, dass es wohl bald zu Ende gehen würde mit ihr. Aber mit neunzig Jahren? Hatte man da nicht schon alles erlebt? Hatte man da nicht genug gelebt? Hatte man da nicht alles sehen dürfen, was man sehen konnte? Sie schien abgeklärt und nicht mehr neugierig. Und doch wollte sie so vieles noch wissen. Doch es waren fremde Dinge, die sie interessierten. Es war der Tod und das, was danach käme, wenn etwas danach käme, das sie interessierte. Denn genau das war es, was sie absolut nicht wusste. Oft saß sie in ihrem alten schwarzen Lehnsessel, der am Fenster ihres alten Hauses stand und schaute traurig in die Ferne. Doch es war nicht mehr die gleiche Ferne, in welche sie früher schaute. Nicht die Straßen, die Menschen und nicht die Häuser. Nein, es war der Himmel, die Sterne, die Unendlichkeit, wohin sie schaute. Und sie suchte nach dem Ort, wohin sie gehen würde, wenn sie starb. Sie atmete tief und sie glaubte zu hören, wie ihr Herz ihr etwas sagte. Eines Abends setzte sie sich wieder in den Lehnsessel und schaute in den glitzernden Sternenhimmel. Da bemerkte sie plötzlich, dass ihr Herz immer schwächer wurde. Es wurde immer leiser und doch bekam sie keine Angst. Nein, sie freute sich auf das, was da kommen mochte. Sie schloss ihre Augen und sah ihr Leben vor sich vorüberziehen. All diese vielen Jahre, die schöne Kinderzeit und auch die Mutter- ach, die liebe Mutter. Sie sah ihren Mann und ihre eigenen Kinder. Die waren alle schon groß. Und sie sah ihre Arbeit und ihre nicht enden wollenden Geldsorgen, von denen nie jemand etwas merkte. So wie von ihrer Krankheit. Keinem sagte sie etwas. Nicht einem. Und dann sah sie nur noch Einsamkeit. Am Ende dieser Milliarden von Bildern erschien ein seltsam warmes weißes Licht. Es war so vertraut und voller Liebe. Es war voller Demut und voller Freude auch. Sie fühlte es – sie wollte genau dorthin. Und es wurde größer, dieses

Licht. Sie flog genau dorthin und fühlte sich von Sekunde zu Sekunde besser. So hatte sie sich noch niemals zuvor gefühlt. Es war eine Leichtigkeit, die sie nicht beschreiben konnte. War sie nun einem Vogel gleich? Sie schaute sich noch einmal um, zurück auf irgendetwas, das im Dunkel da entschwand. Es war ihr Leben im Gefüge von Raum und von Zeit. Es flirrte hinter ihr und wurde schwächer, bis es schließlich wie ein Brunnen in der Wüste versiegte. Dann war es fort und sie glitt durch diesen zeitlosen Raum auf dieses sagenhafte wundervolle Licht zu. Es war nun so groß, dass es sie umschloss. Und sie tauchte ein in diese unbegreifliche Welt. Doch es war seltsam. Sie spürte gar nichts mehr. War sie überhaupt noch da? Gab es sie als Körper noch? War sie nun ein Geist? Vor ihr tauchten Wiesen auf und fremde Welten, wie sie sie noch niemals zuvor gesehen hatte. Sie flog darüber hinweg und schien nie wieder still zu stehen. Immer weiter ging der sagenhafte Flug. Und immer schneller rasten die Landschaften, die wundervollen Landschaften an ihr vorbei. Dies Licht war gleißend hell. Und sie schlief und träumte, und war doch so wach wie nie zuvor. Felsige Wände tauchten vor ihr auf. Und gingen wieder unter in einem rauschenden, schäumenden Ozean der Freude. Doch dies Licht blieb nicht konstant. Was sie niemals ahnte – am Ende des Lichts sah sie einen Wirbel. Er kam rasch näher und verwirbelte alles Licht und alles Leben, welches noch um sie herum bestand. Alles sog er in sich auf. Doch wo ging es hin? In diesem Wirbel? Eine mächtige Kraft, eine unheimliche Kraft zog das weiße Licht und darin sie Mitten in diesen Wirbel hinein. Immer heftiger und immer schneller verwirbelte alles. Schon waren die Strukturen nicht mehr zu erkennen. Nichts war mehr echt und nichts war mehr zu sehen. Sie fühlte, wie sie verging. Sie verging wie all die Lichter und all die Farben um sie herum. Und am Schluss des Wirbels wurde es schwarz. Ein pechschwarzer Punkt, der stillzustehen schien, war da am Ende aller Turbulenzen. Ein Zentrum fast. Nur wovon? Sie trieb auf dieses Zentrum zu.

Es wurde größer und größer. Und längst schon war sie nicht mehr da. Nur der Gedanken von ihr, die Spur ihres Seins schien noch vorhanden. Dann tauchte sie ein in jene Schwärze. Und da war gar nichts mehr. Das Ende. Eine schwarze Undefinierbarkeit in gleichgültiger Ausdehnung. Hier war nichts mehr vorhanden. Und doch dachte da noch etwas in ihr. Wie aus einem Traum erschien ein Gesicht vor ihrem Sein. Es verzerrte sich und sprach etwas zu ihr. Es war ein Gefühl, welches noch immer da war. Doch alles war so neu, so unerkannt. So fremd. Alles war so fremd. Das Gesicht formte sich zu etwas. Eine Art Ursuppe vielleicht? Und aus dem schwarzen Einerlei tropfte irgendetwas heraus. Das Gesicht zerfloss und Lichtpunkte zuckten durch die merkwürdige Schwärze. Sie wurden immer mehr. Und sie formten sich zu einer neuen Spirale. Sie begann sich zu drehen. Und sie wurde farbig und hatte wieder eine Art Sinn. Ein Gefühl kam auf … ein allererstes Gefühl. Wo kam es her? War es ein Gefühl? Ein Energiestrahl vielleicht? Die Gedanken formten sich neu und aus der Spirale entstieg eine neue Idee. Sie war die Idee des Gesichts, das da zerfloss.

Und diese neue Idee verwand sich zu einem neuen Licht am Ende dieser gedankenlosen Schwärze. Sie wurde stark und immer stärker. Und die Stimme sagte: „Fürchte Dich nicht. Bald bist Du am Ziel. An einem neuen Ziel.". Das weiße Licht kam näher und bald tauchte diese neue Idee, die geboren aus dem alten Sein ward, hinein in dieses Neue. Und mitten durch all dies Licht flog diese neue Idee und formte sich weiter. Da kam aus der Ferne eine fremde Frau. Die Idee schlüpfte in sie hinein und verband sich mit ihr. Und am Ende des Lichts war eine neue Welt. Sie war so farbenfroh und prächtig, so ungeheuer kraftvoll und jung. Und die Idee ward in jener Frau zur neuen Frucht. Sie gebar die Frucht und ein neuer Mensch war da. Alberta stockte der Atem, und sie erwachte. Wie wundervoll doch alles war. Sie lebte noch und wusste plötzlich, dass sie doch weiterleben wollte. Denn ihr war klar, dass es nur eines gab, was erstrebenswert sein musste – das Leben! Denn egal, wie alt man ist, jeder Tag des Lebens ist wichtig und nicht der Tod, der nur in die Unendlichkeit mündet. Jedes Leben ist das schönste, was es gibt. Und es ist das, was das wichtigste ist in dieser Odyssee des Lebens und des Sterbens. Es ist das Beste aller Welten … das Leben!

7. Das Gesicht

Der Grand Canyon – ein majestätisches beeindruckendes Naturwunder, welches ich nun zum ersten Male sehen durfte. An diesen unfassbaren Schluchten, die so majestätisch diese einzigartige und bemerkenswerte Landschaft prägten, konnte ich mich gar nicht satt sehen. Sie ließen mich sprachlos werden, atemlos in der Natur vergehen, als ich mich diesem Ganzen hingab. Nein so etwas Grandioses hatte ich noch nie gesehen und auch noch niemals vor meiner Linse. Aber ich bereute es nicht. Allerdings musste ich vorher lange suchen, bis ich endlich eine Aussichtsplattform fand, die nicht so groß war und von Touristen weitgehend verschont wurde. Sie war vielleicht nicht so gut ausgebaut wie andere aber sie war schön und ich genoss die einzigartige Ruhe, die dieses doch so herrschaftliche Tal unter mir verströmte. Ich hatte meine Kamera in der Hand und schoss die schönsten Bilder von den Schluchten unter mir. Ich freute mich schon auf den Augenblick, an welchem ich die Fotos am Computer genießen konnte. Ich wollte alles fotografieren und lehnte mich recht wagemutig übers Geländer. Die märchenhafte Tiefe, die vor meinen Augen gähnte, ließ mich erschaudern. Das es auf der Erde solch tiefe Schluchten überhaupt gab. Ich fotografierte, was die Speicherkarte hergab. Als ich glaubte, genug zu haben, entdeckte ich immer noch ein fantastisches Motiv, welches ich unbedingt noch haben musste. Immer weiter lehnte ich mich übers Geländer. Die Plattform war nicht ausgebaut wie anderswo, nur ein dünnes Metallgeländer verhinderte, dass man in die Tiefe stürzte. Und plötzlich geschah es ... ich rutschte ab! Nur an einer Felsnase hielt ich mich in letzter Sekunde fest. Ich umklammerte sie wie den letzten Strohhalm, von dem man immer sprach. Glücklicherweise hing die teure Kamera an einem Gurt um meinen Hals. Sie baumelte über der bedrohlichen Tiefe wie das Pendel des Todes. Steine, die ich wohl abgestoßen hatte, flogen nach unten. Mit einer Hand griff ich nach dem

Geländer, erreichte es jedoch nicht. Immer wieder griff meine Hand ins Leere. Schließlich konnte ich nichts anderes tun, als mich mit beiden Händen an der spitzen Felsnase festzuklammern. Vom Schock gelähmt starrte ich in die Tiefe. Helfen konnte mir keiner, denn es war niemand außer mir an diesem Ort. In Gedanken schloss ich mit meinem Leben ab. Schon oft hatte ich mir überlegt, wie es wohl sein würde, wenn ich sterben müsste. Alle nur möglichen und unmöglichen Horrorszenarien gingen mir durch den Kopf. Aber das ich ausgerechnet am Grand Canyon in die Tiefe stürzen würde, wäre mir nicht im Entferntesten eingefallen. Ich konnte mich einfach nicht mehr halten, und ich spürte, wie mich ganz langsam meine Kräfte verließen. Ein langsamer Tod … würde man später vielleicht vermuten. Aber wen interessierte das schon? Am Ende war es nur ein dummer Tourist, der mal wieder mutig sein wollte und sich dabei total überschätzt hatte. Ich musste grinsen. Einfach unglaublich. Keiner würde je erfahren, was ich in der letzten Sekunde meines

Lebens gedacht hatte. Und dort unten … ich starrte wieder in die Tiefe … würde mich kein Mensch mehr erkennen. Was für einen Haufen Matsch würde ich wohl abgeben, dort unten. Mir wurde kalt und meine Hände, die noch immer krampfhaft den spitzen Felsen umklammerten, spürte ich längst nicht mehr. Da tropfte etwas auf mein Gesicht. Ich schaute nach oben. Von meinen Händen tropfte mein eigenes Blut auf mich herab. Wie grotesk. Ich war noch gar nicht tot und musste schon mein eigenes Blut trinken. Voller Entsetzen beobachtete ich, wie sich eine Hand vom Felsen löste. Jetzt konnte es nicht mehr lange dauern und der freie Fall nach unten würde beginnen. Ich wollte beten, aber mir fiel zu allem Übel nicht ein, was ich sagen sollte. Nicht einmal das Beten klappte in diesem allerletzten Augenblick. Noch einmal schaute ich nach oben. Ein allerletztes Mal wollte ich den Himmel sehen, die Sonne und meine Hände. Meine Hände, die mir schon so oft geholfen hatten, die mich vor schlimmen Dingen bewahrten, die hart arbeiten konnten und das Gesicht meiner Mutter streichelten. Diese Hände starrte ich nun an und spürte plötzlich, dass ich sie liebte. Tränen standen mir in den Augen. Sollte ich vielleicht doch noch einmal laut schreien? Doch so sehr ich mich auch anstrengte, nicht ein Wort kam mir aus der Kehle.

Vermutlich war ich schon so starr vor Schreck, dass mein Körper sämtliche Funktionen sukzessive einstellte. Und auf einmal sah ich ein riesiges Feld von unzähligen Sonnenblumen vor mir. Wo kamen die nur alle her. Es duftete nach Frühling … sonderbar. Das Sonnenblumenfeld schien endlos zu sein. Es lag unter dem blauen Himmelszelt und ein sanfter Wind wehte mir um die Nase. Da sah ich, wie ein Gesicht aus dem Blumenfeld auftauchte. Es war einfach da und näherte sich mir. Ich sah, dass es eine Frau war. Und es war verrückt, aber es ähnelte dem Gesicht meiner Mutter so sehr. Vielleicht aber war es nur eine allerletzte Wahnvorstellung. Das Gesicht hatte eine liebevolle, warmherzige Ausstrahlung und betrachtete mich sorgenvoll. Als es nahe genug war, spürte ich, wie es mich ganz sanft auf die Wange küsste. Es war ein seltsamer Kuss. Ein Kuss voller Hingabe, Trauer und Liebe. Dann fuhr ein heftiger Wind unter mich und hob mich empor. Er hob mich hinauf bis auf die Plattform und setzte mich dort behutsam ab. Dann wurde es still. Kein Gesicht und kein Sturm … nichts. Nur die Sonne brannte vom blauen Himmel und tauchte die unüberschaubare Landschaft in ein merkwürdiges Licht. Langsam erhob ich mich und schaute immerfort auf meine blutigen Hände. Hatten die mir soeben das Leben gerettet? Oder war es das rätselhafte Gesicht? Wer war das überhaupt? Ich konnte mir das alles nicht erklären. Doch ich wollte das auch nicht, war heilfroh, noch am Leben zu sein. Ich hatte sogar noch meine Kamera um den Hals hängen. Mit einem Taschentuch wischte ich mir das Blut von den Händen. Dann klopfte ich den Staub von meiner Hose und von meinem Hemd und wollte gehen. Ich wollte zu meinem Jeep, den ich mir für diesen Ausflug geliehen hatte, zurück. Als ich die Aussichtsplattform verließ, drehte ich mich noch einmal kurz um. Wenigstens zum Abschied musste ich noch einmal das ganze Bild des Canyons in mich aufnehmen. Da entdeckte ich gegenüber der Aussichtsplattform eine sonderbare Felsformation. Sie hatte ungefähr die Struktur des Gesichtes, welches mich soeben vor dem Absturz in die Tiefe bewahrt hatte …

8. Fischmensch

Howards Urlaub in der Karibik war wunderschön. Er war zum ersten Male dort und hatte sich schon Monate vorher darauf vorbereitet. Jeden Tag übte er das Surfen auf einem kleinen See, der nicht weit von seinem Haus entfernt lag. Und er schien schon sehr gut darin zu sein. Allerdings wusste er nicht so genau, ob es auf dem Meer, wo die Wogen viel höher waren, ebenso einfach funktionierte wie auf dem ruhigen See. Aber er hatte ein gutes Gefühl und musste es probieren. Der Strand der kleinen idyllischen Insel lag ruhig und friedlich in der heißen Sonne. Glücklicherweise wehte ein kräftiger Wind, so war die Hitze halbwegs erträglich. Und surfen konnte man ganz sicher wunderbar. Howard bekam Lust, seine Kenntnisse endlich anzuwenden. Da die Wellen noch nicht allzu hoch waren, fühlte er sich gut und dachte, dass ihm da draußen nichts passieren konnte. Er nahm sein Surfbrett, welches im heißen Sand nur darauf wartete, endlich ins erfrischende Wasser geworfen zu werden und lief in das kühle Nass. Mehrmals ließ er sich in die Fluten fallen, fühlte sich wie ein Fisch im Wasser. Dann kletterte er auf das Brett und balancierte auf den niedrigen Wogen durch die See. Immer weiter driftete er hinaus und bemerkte gar nicht, dass er plötzlich nicht mehr unbeobachtet war. Ein riesiger Hai hatte Howard längst bemerkt und beobachtete ihn genau. Sehr wohl sah er, dass Howard immer weiter aufs offene Meer surfte. Und das kam dem Hai sehr zu passe. So musste er nicht bis ans Ufer schwimmen, wo er nur gefangen oder sogar getötet würde. Hier draußen hatte er ein leichtes Spiel mit seiner vermeintlichen Beute. Er tauchte unter Wasser und schwamm unbemerkt dem ahnungslosen Howard entgegen. Der freute sich, dass er seine Surfkünste so gut anwenden konnte. Und als er zum nun schon etwas weiter entfernten Ufer schaute, fühlte er sich wie ein professioneller Surfer. Unterdessen war der Hai dicht auf seinen Fersen. Langsam ließ er sich vor Howards Surfbrett treiben und sann sich wohl gerade die beste Angriffsposition aus. Durch das flirrende Wasser konnte er Howard genau beobachten. Nur Howard merkte nichts davon. Mit einer Haiattacke rechnete er nicht und sein Surfbrett gab ihm die nötige Sicherheit, dass ihm nichts passierte. Doch plötzlich entdeckte er die Rückenflosse des Hais neben sich im Wasser und bekam einen mordsmäßigen Schreck. Regungslos stand er auf seinem Surfbrett und wusste nicht, wie er ans Ufer kommen sollte. Ihm war klar, dass er dem Hai auf Gedeih und Verderb ausgeliefert war. Zu allem Unglück achtete er nicht auf eine Welle, die sein Surfbrett seitlich erfasste und schließlich umkippte. Howard fiel kopfüber ins Wasser und starrte entsetzt in das gierige Antlitz des Hais. Nun würde er wohl nie mehr an das sichere Ufer gelangen. Und er versuchte, sein Surfbrett zu fassen zu bekommen. Doch das gelang ihm nicht mehr. Der Hai schoss auf ihn zu und riss sein, mit scharfen Zähnen bestücktes Gebiss auseinander. Howard konnte bereits in den todbringenden Schlund des Meeresjägers sehen. Da rauschte es plötzlich derartig laut, dass Howard einen starken Druck auf seinen Ohren spürte. Außerdem wirbelte es ihn durchs Wasser, dass er glaubte, ertrinken zu müssen. Zwischen unzähligen Luftblasen erschien eine seltsame Gestalt … eine Person … mit einem Fischschwanz und schnellte mit kräftigen Sätzen auf den Hai zu. Der Fischmensch war unglaublich groß, vermutlich mehrere Meter lang. Howard verließen die Kräfte und er wurde bewusstlos. Leblos trieb sein Körper im Wasser. Der Fischmensch griff den Hai sofort an, versetzte ihm heftige Stöße mit seinem riesigen Fischschwanz. Eingeschüchtert und schwer verletzt suchte der Hai das Weite. Der Fischmensch ergriff Howard und hob ihn über die Wasseroberfläche. Dann schwamm er mit ihm ans Ufer. Vorsichtig legte er ihn in den heißen Sand. Auch sein Surfbrett legte er neben ihm ab. Dann vergewisserte er sich, dass Howard noch atmete und schwamm schließlich ins offene Meer zurück. Howard musste sehr lange im Sand gelegen haben. Irgendwann wurde er wach. Noch ein wenig benommen tastete er nach seinem Surfbrett. Es schien vollkommen unbeschadet geblieben zu sein. Und … was war überhaupt geschehen? Langsam kehrten seine Erinnerungen zurück. Er sah das Meer, die Wogen, den Hai … dann sah er nur noch, wie er vom Surfbrett fiel.

Hatte ihn der Hai erwischt? Ängstlich schaute er auf seinen Körper. Doch es schien noch alles in Ordnung zu sein, keine Verletzung, kein Blut, nichts. Erleichtert stand er auf und nahm sein Surfbrett. Wer hatte ihn ans Ufer gebracht? Allein konnte er sich unmöglich in Sicherheit gebracht haben. Zu weit war er schon draußen auf dem Meer und der Hai war so nahe an ihm dran. Kopfschüttelnd lief er zurück zu seinem Hotel. Als er dort eintraf, war auch der Appetit wieder da. Hungrig setzte er sich ins Restaurant und wollte ein wenig zu sich nehmen. Da erblickte er ein seltsames Bild an der Wand. Es zeigte einen riesigen Menschen mit einem langen Fischschwanz. Und er wusste nicht wieso – aber es schien ihm, als ob er diese Person schon einmal irgendwo gesehen hatte. Als die Bedienung kam, erkundigte sich Howard, was es mit dieser merkwürdigen Person auf dem Bild auf sich hatte. Die Bedienung meinte: „Das ist der alte Patty, ein Fischmensch. Man sagt, er sei früher mal ein richtiger Mensch gewesen, bis er eines Tages beim baden von einem Seeungeheuer angefallen wurde. Seitdem lebte er mit einem Fischschwanz im Meer. Immer an seinem Geburtstag kommt er an die Meeresoberfläche und schaut nach, ob noch alles in Ordnung ist. Ach, ich sehe gerade … heute ist ja sein Geburtstag … na, vielleicht sehen Sie ihn heute mal, wenn Sie wieder surfen gehen …"

9. Geisterfahrer

Es war eine wirklich sehr erholsame Kur. Sechs Wochen lang konnte ich mich entspannen und mich mal so richtig verwöhnen lassen. Wenngleich nicht jeder Tag in dieser Einrichtung einer Erholung glich. Schließlich musste ich eine Menge tun, um mein körperliches und seelisches Gleichgewicht wieder halbwegs herzustellen. Dennoch nahm ich mir fest vor, meine Erfahrungen und Empfehlungen, die ich dort erhielt, zu Hause sofort in die Tat umzusetzen. Wie alles Schöne, endete auch diese Kur viel zu schnell. Es hieß Abschied nehmen und ich packte meine Reisetasche. Als ich den Parkplatz verließ, schaute ich noch einmal traurig zurück. Insgeheim wünschte ich mir, noch eine Woche länger dort zu bleiben. Natürlich ging das nicht. Aber ich wusste, dass der Abschied auch nach dieser zusätzlichen Woche auf mich zukommen würde und mir dann noch schwerer fallen würde. Es war nun Zeit für die Praxis! Und ich wusste genau, dass nur ich allein meine Vorsätze und die guten Ratschläge in die Tat umsetzen konnte. Die Fahrt bis zur Autobahn war schön, es ging durch idyllische Dörfer und durch herrliche Waldstücke. Auf der Autobahn allerdings schlich sich Langeweile ein. Ich hatte das Navigationsgerät programmiert und nun trällerte es fröhlich und munter aller zehn Minuten die Entfernung bis nach Hause in meine Ohren. Und eh ich mich versah, ärgerte ich mich schon wieder. Sollte ich das blöde Ding nicht einfach abschalten? Ich wollte es gar nicht, aber die guten Vorsätze, die eben noch völlig klar waren, kamen mehr und mehr ins Wanken. Ich wollte mich nicht ärgern und schaltete das Radio ein. Aber die Musik, die sie brachten, hörte sich einfach nur furchtbar an. Griesgrämig schaltete ich am Senderknopf herum. Irgendwann fand ich dann doch wieder einen recht angenehmen Musiksender und der anfängliche Gram wich einer angenehmen Vorfreude auf Zuhause. Plötzlich wurde die laufende Sendung unterbrochen. Man warnte vor einem Falschfahrer auf der Autobahn. Das Fahrzeug befand sich ausgerechnet auf der gleichen Autobahn, auf welcher ich unterwegs war. Ich war zwar froh, diese Meldung gehört zu haben, spürte aber ein merkwürdiges Flattern in der Magengrube. Was, wenn ich im ungünstigsten Moment auf das Fahrzeug traf? Dazu reichte ein unbedachter Überholvorgang vollkommen aus. Nach dieser wunderbaren Zeit der Erholung wäre dann alles vorbei. Der Gedanke ließ mich nicht mehr los und ich reduzierte drastisch meine Geschwindigkeit. Kilometer um Kilometer kroch ich hinter einem LKW her. Immer wieder wollte ich ihn überholen, doch ich hatte noch keine Entwarnung im Radio gehört. Es half nichts, ich musste einfach so weiter fahren. Links rasten dutzendweise die Autos an mir vorbei. Doch ich zwang mich zur Besonnenheit. Ich erinnerte mich an einen Vorfall, bei welchem mir auf der Autobahn ein Vorderreifen geplatzt war. Wegen einer Fahrbahneinengung infolge einer Baustelle musste ich langsam fahren. Und das war mein Glück. Als der Reifen platzte, fuhr ich gerade mal 50 und ich konnte das Fahrzeug in der Spur halten ... Doch jetzt? Jetzt kam die Gefahr unmittelbar von vorn! Wenn ich dann beim Überholen wäre, gäbe es keine Möglichkeit mehr, auszuweichen. Ich hätte einfach keine Chance. Plötzlich meldete sich die Stimme im Radio und gab die lang ersehnte Entwarnung. Sofort setzte ich den Blinker und wollte endlich an dem LKW vorbei. Da begann mein Navi plötzlich, laute Piep Töne von sich zu geben. Erst verstand ich nicht, was das sollte und schaute aufs Display. Eine dicke schwarze Linie mit einem Pfeil an deren Ende zog sich auf meiner Fahrspur entlang. Der Pfeil deutete in entgegen gesetzter Richtung ... was hatte das zu bedeuten? Das Geräusch verstummte. Dafür erschienen die Worte: „Achtung! Gefahr! Bleib in der Spur!". Unentschlossen schaltete ich den Blinker aus und fuhr weiter im Kriechtempo hinter dem LKW her. Im nächsten Augenblick kam mir ein dunkelgrüner PKW auf der Überholspur entgegen und raste an mir vorbei. „Der Geisterfahrer!", schoss es mir durch den Kopf. Meine

Hände umkrampften das Lenkrad. Der Schreck war wirklich riesengroß. Wieso hatte man im Radio Entwarnung gegeben? Unglaublich! Ich spürte, wie ich am ganzen Leibe zu zittern begann. Wäre ich nur eine Sekunde unaufmerksam gewesen ... und hätte mich mein Navi nicht gewarnt ... ich konnte nicht weiterdenken!
Es war unfassbar, aber mein Navi hatte mir das Leben gerettet. Bis die Autobahn wieder dreispurig wurde schlich ich laut vor mich hin schimpfend hinter dem LKW her. Sicher und unbeschadet kam ich irgendwann Zuhause an. Später erfuhr ich in einer Nachrichtensendung, dass es tatsächlich einen weiteren Geisterfahrer gab. Ihm war ich begegnet. Allerdings fuhr er glücklicherweise nicht lange auf der Autobahn. Es kam niemand zu Schaden und in Gedanken sah ich noch einmal, wie das Geisterfahrzeug an mir vorbei raste. Nur wenige Meter hatten mich von einem anderen Schicksal getrennt. Da ich mich mit der Einstellung des Navigationsgerätes noch nicht so genau auskannte, ging ich am nächsten Tag

zum Händler, bei welchem ich es gekauft hatte. Ich wollte mir erklären lassen, wie und wo ich diesen Warndienst vor Geisterfahrern aktivieren konnte. Der sichtlich irritierte Verkäufer schaute mich mit großen Augen an. Dann grinste er sehr mitleidig und meinte dann mit einem gewissen Unterton: „Na, Sie können das ja nicht wissen, aber diese Technik haben wir in diesem Modell nicht eingebaut. Außerdem gibt es solch eine automatische Warntechnik vor Geisterfahrern überhaupt noch nicht …" …

10. Das fremde Herz

Nach der Herztransplantation ging es Ted nicht sehr gut. Die Ärzte glaubten nicht mehr an seine Genesung, denn die Prognose war sehr ungünstig. Es machte den Anschein, als ob Teds Körper das Herz abstieß. Doch dann, nach wochenlangen Schwierigkeiten, besserte sich sein Zustand plötzlich. Und irgendwann konnte er schließlich nach Hause entlassen werden. Das war eine große Freude, denn Ted wollte so gerne weiterleben. Trotzdem fühlte er sich sehr allein. Eine Familie hatte er nicht und wegen seines damaligen Jobs als Journalist einer Tageszeitung war er sehr oft unterwegs und hatte wenig Zeit, sich eine Frau zu suchen. Doch all das war besser als sein furchtbarer Zustand mit dem alten Herzen, als er kaum noch Luft bekam und in seinem Krankenbett auf den Tod wartete. Ein Jahr später ging es ihm wieder so gut, dass er für ein paar Tage ans Meer fahren wollte. Er war überglücklich, dass er ein neues Leben geschenkt bekommen hatte. Unterwegs auf der Landstraße geschah jedoch etwas sehr merkwürdiges. Als er über eine hohe Brücke fuhr, wurde ihm schlecht und das neue Herz klopfte plötzlich sehr unregelmäßig. Ted kannte das zwar bereits. Er wusste, dass er ab und zu Beschwerden haben konnte. Dennoch spürte er auf dieser Brücke einen nie gekannten, seltsamen Druck in der Brust. Er fühlte, dass es nicht die Funktionsweise des neuen Organs sein konnte. Vielmehr war es eine merkwürdige Traurigkeit, die von seinem Herzen auszugehen schien. Als er die lange Brücke endlich hinter sich gelassen hatte, ebbte auch das Gefühl wieder ab. Dennoch ließ ihm das Ganze keine Ruhe. Was konnte es nur gewesen sein, dass ihm ausgerechnet auf dieser Brücke solch ein starkes Gefühl empfinden ließ? Litt er am Ende an Höhenangst? So etwas hatte er doch früher nicht! Und sollte er tatsächlich so schnell … unmöglich! Außerdem konnte er doch gar nicht richtig in die Tiefe schauen, als er über die Brücke hinweg fuhr. Die Mauer am Brückenrand versperrte ihm teilweise die Sicht nach unten. Er konnte sich das alles nicht erklären und beschloss, am nächsten Parkplatz anzuhalten. Als endlich ein Parkplatz in Sicht war, fuhr er von der Straße ab und hielt an. Seltsame Gedanken gingen ihm durch den Kopf. Und ganz sicher hätte er früher, mit seinem alten Herz nie über so etwas nachgedacht. Aber jetzt, wo so viel schon geschehen war und er manchmal auf jede Regung seines Herzens achtete, ließ ihn auch dieses starke Gefühl nicht los. Ja, es war ganz seltsam. Aber es kam ihm vor wie ein innerlicher Zwang. Er musste dieser Sache unbedingt auf den Grund gehen. Er konnte es sich nicht erklären, aber er startete den Wagen und fuhr kurzerhand zurück zur Brücke. Diesmal fuhr er etwas langsamer und wartete, ob dieses merkwürdige Gefühl wieder auftauchte. Als er die Brücke fast überquert hatte, schon glaubte, er habe sich vielleicht doch geirrt, war es wieder da. Eine unglaublich starke Traurigkeit, die beinahe noch viel intensiver war als eben noch, bemächtigte sich seiner Seele.

Es kam tief aus seinem neuen Herzen … er wusste es genau!

Wie ferngesteuert fuhr er von der Straße ab und steuerte den Wagen genau unter die Brücke. Da es hier keine Straße gab, fuhr er über die Wiese, die sich unter der Brücke bis hin zu einem kleinen Flüsschen erstreckte. Und hier glaubte er, sein Herz würde jeden Moment aus seiner Brust springen. Es schlug derart heftig, dass es ihm angst wurde. Er hielt den Wagen an und stieg aus. Doch er konnte sich wirklich nicht erklären, was das alles zu bedeuten hatte. Was hatte der Zustand seines Herzens mit dieser Brücke zu tun? Langsam lief er über die feuchte Wiese bis er an dem kleinen Flüsschen stand. Am Ufer sah er etwas liegen … er ging näher und fand eine weiße Handtasche. Sie war schmutzig und kaputt. Doch als er die Handtasche aufhob, zuckte ein Blitz von seiner Hand auf das Leder der Tasche. Sofort ließ er sie fallen und spürte gleichzeitig eine starke Hitze in seinem Herzen. In seiner Brust brannte es wie Feuer. Stieß sein Körper nun das neue Herz ab? Sollte es vielleicht doch eine

Unverträglichkeit sein, die ganz plötzlich auftrat? Aber warum dann diese starke Traurigkeit? Warum all diese zermürbenden Gefühle? Er hatte doch keine neue Seele bekommen, sondern lediglich ein neues Herz. Etwas weiter vor ihm machte das Flüsschen eine leichte Biegung. Ted ging dorthin und erschrak. Zur Hälfte im Wasser lag eine ältere Frau regungslos am Ufer. War sie tot? Aus irgendeinem Grund glaubte er, dass sie noch lebte. Er sprang auf sie zu und sprach sie an: „Hallo … können Sie mich hören … Hallo …!". Er beugte sich zu der Frau herunter und berührte sie. Da hörte er, wie die Frau röchelte: „Sie müssen mir helfen … ich bin überfallen worden … und ich bin Zuckerkrank …". Ted holte sein Handy aus der Hosentasche und rief sofort den Notarzt. Der kam schnell und brachte gleich die Polizei mit. In allerletzter Sekunde konnte die Frau gerettet werden und wurde ins Krankenhaus gebracht. Und es war ganz seltsam, aber seine Herzbeschwerden ließen nach und auch dieses bedrückende Gefühl hörte langsam auf. Er konnte schließlich ohne

Probleme weiterfahren. Als er Tage später zu der alten Frau ins Krankenhaus fuhr, begegnete ihm ein junger Mann auf dem Gang vor ihrem Krankenzimmer.
Und da war es wieder … dieses seltsame Gefühl in seinem Herzen. Weil ihn das Gefühl so sehr erschreckte, rempelte er unbeabsichtigt den jungen Mann leicht an. Der fuhr sofort aus der Haut und beschimpfte ihn lautstark. Ted sagte, dass es ihm Leid tun würde und entschuldigte sich mehrmals bei dem Mann. Doch dieser schien vollkommen von der Rolle zu sein und packte Ted am Kragen. Er wollte ihn gerade niederschlagen, da wurde er vom Sicherheitsdienst des Krankenhauses festgehalten. Dabei fiel ihm etwas aus der Jackentasche. Es war eine Geldbörse und ein Ausweis … sie gehörten der alten Frau im Krankenzimmer. Bei dem späteren Verhör durch die Polizei stellte sich heraus, dass es sich bei dem jungen Mann um den Täter handelte, der die ältere Frau auf der Wiese unter der Brücke überfallen und niedergeschlagen hatte. Seit diesem furchtbaren Vorfall besuchte Ted die alte Frau sehr oft. Irgend-

wie fühlte er sich sehr stark zu ihr hingezogen. Sie freundeten sich schließlich an und sie sprachen sehr viel miteinander. Es schien, als kannten sie sich bereits seit Ewigkeiten. Ted erzählte ihr von seinem Spenderherzen und der Zeit, wie es ihm vor der Transplantation ging. Die alte Frau wurde sehr still und meinte, dass sie ihren Sohn bei einem schweren Verkehrsunfall verloren hatte. An eben dieser schicksalsträchtigen Brücke, auf welcher Ted diese seltsamen Gefühle in seinem Herzen verspürte, sei er mit seinem neuen Motorrad von der Fahrbahn abgekommen und in die Tiefe gestürzt. Jede Hilfe kam zu spät. Er hatte schwerste Kopfverletzungen, aber sein Herz schlug noch. An jenem Tag, als Ted über die Brücke fuhr, wollte sie gerade ein kleines Holzkreuz als Andenken an ihren Sohn auf der Wiese aufstellen. Denn sie brauchte einen Ort, an welchem sie trauern konnte. Da kam der fremde Mann und schlug sie grundlos nieder. Sie fand es jedoch sonderbar, dass Ted solche merkwürdigen Gefühle auf der Brücke hatte. Und sie wollte genaueres über die

Transplantation erfahren. Es stellte sich schließlich heraus, dass es sich bei der Frau um die Mutter des verunglückten Mannes handelte, dessen Herz nun in Teds Brust schlug. Ted lebte fortan wie ein Sohn bei der alten Frau und beide verband eine magische Kraft … Teds neues Herz …

11. Die Creme der Schönheit

Mitten in der großen Stadt lebten die Zwillingsschwestern Anna und Gabrielle. Doch während Gabrielle goldenes Haar trug und ein wunderschönes Gesicht hatte, war Anna klein und schwarzhaarig geblieben und gar nicht so schön wie ihre Schwester. Dennoch unterschieden sich die beiden Schwestern noch in anderer Hinsicht. Gabrielle war eitel und hochnäsig. Sie konnte nie genug bekommen, wollte neben ihrer Schwester stets glänzen und lästerte stets über sie. Für arme und Bedürftige hatte sie nichts übrig. Anna hingegen war lieb zu allen Menschen und half, wo es nötig war. Sie sah immer das Gute in den Menschen und wurde deswegen oft ausgenutzt. Aber sie beschwerte sich nie und fragte sogar noch, ob sie vielleicht noch mehr helfen konnte. Das nutzte Gabrielle schamlos aus. Während sie selbst auf der Terrasse der Dachgeschosswohnung ihrer Eltern in der Sonne lag, musste Anna schuften, während die

Eltern bei der Arbeit waren. Die beiden Mädchen wurden erwachsen. Doch Gabrielle wurde keineswegs besser dadurch. Und auch Anna schien sich nicht verändert zu haben. Noch immer war sie gutmütig und hilfsbereit. Nur ihr Aussehen war gar nicht so, wie Gabrielles. Vielmehr fristete sie eher ein Mauerblümchendasein und war dennoch bescheiden und glücklich. Eines Tages ging sie auf den Wochenmarkt. Sie wollte einige Kräuter für das Mittagessen, welches sie jeden Tag kochen musste, besorgen. An einem verfallenen Holzkiosk, am Rande des Marktes stand eine alte Frau. Sie war schon sehr verhutzelt und trug ein Kopftuch um ihre Haare. Die vielen Falten ließen sie irgendwie wie eine Hexe erscheinen. Als Anna zu ihr kam, sagte die Alte: „Na, wie wäre es denn man mit einer schönen Creme. Sie ist gar nicht teuer und wird Dir ganz sicher sehr viel Freude bereiten.". Bei diesen Worten hielt sie ein unscheinbares kleines Cremetöpfchen unter Annas Augen und lächelte sie verführerisch an. Doch Anna hatte nicht genug Geld dabei und ihre Schwester Gabrielle würde sicher sehr böse werden, wenn sie ausgerechnet mit einer Creme nach Hause käme. Sie lehnte ab und wollte weiter gehen. Doch die Alte gab sich nicht damit zufrieden. Mit seltsam zittriger Stimme sagte sie: „Das macht gar nichts. Nimm sie einfach mit und zahle dann, wenn Du glücklich geworden bist.". Anna beteuerte, eigentlich ganz glücklich zu sein, doch ihre Neugierde war stärker. Sie nahm die Creme und versteckte sie in ihrer Manteltasche. Gabrielle durfte sie unter keinen Umständen im Einkaufskorb finden. Zu Hause bereitete sie für alle das Essen zu. Und während es sich Gabrielle das Essen schmecken ließ, stand Anna noch in der Küche und bereitete eine köstliche Nachspeise mit Schlagsahne und frischen Erdbeeren zu. Zu Gabrielle sagte sie, dass sie heute keinen Hunger hätte und vielleicht später essen würde. Insgeheim jedoch wollte sie die Creme ausprobieren. Während Gabrielle noch am Tisch saß und sich die Schlagsahne auf der Nachspeise schmecken ließ, schlich sich Anna ins Badezimmer und cremte sich das Gesicht ein.

Die Creme war sanft und glitt über ihre Haut wie ein weiches Tuch aus Samt. So etwas Wunderbares hatte Anna noch nie erlebt. Das es so etwas Schönes überhaupt gab. Sie genoss es, wie ihre Finger in dem kleinen Töpfchen die Creme aufnahmen und dann in ihrem Gesicht verteilten. Doch dies Gefühl sollte nicht ewig währen. Gabrielle hatte in der Zwischenzeit aufgegessen und rief Anna, sie möge doch sofort den Tisch abräumen und den Abwasch erledigen. Anna eilte aus dem Bad und tat alles so, wie es ihr Gabrielle aufgetragen hatte. Sie machte die ganze Arbeit und Gabrielle zog sich auf die Terrasse zurück, um sich weiterhin ihrem Sonnenbad hinzugeben. Am nächsten Morgen stand Anna schon sehr zeitig auf. Sie musste das Frühstück zubereiten und Kaffee kochen. Dann war es Zeit, Gabrielle zu wecken. Als die aufstand und Anna erblickte, wurde sie blass und war noch schlechter gelaunt als sonst immer. Wie eine Furie schrie sie durch die Wohnung: „Was hast Du denn mit Deinem Gesicht gemacht! Schau Dich doch mal an, Du hässliches Entlein!". Anna, die einen gehörigen Schreck bekommen hatte, rannte ins Bad und schaute aufgeregt in den Spiegel. Doch was sie da erblickte, konnte sie zuerst gar nicht glauben.

Das Mädchen, welches ihr aus dem Spiegel entgegenschaute, war wunderschön, hatte rosige Wangen und wallendes schwarzes glänzendes Haar. Ungläubig schloss Anna ihre Augen und riss sie sofort wieder auf. Das konnte doch unmöglich sie selbst sein. Wie war das nur möglich? Sie traute ihren eigenen Augen nicht mehr und lief kopflos aus dem Bad. Gabrielle, die ebenfalls nicht glauben konnte, dass ihre Schwester Anna schöner war als sie, hatte plötzlich keinen Appetit mehr – weder auf Frühstück noch auf den starken Kaffee, den sie morgens sonst immer brauchte. Wütend rannte sie durch alle Zimmer und schimpfte und fluchte. Schließlich baute sie sich vor Anna auf und zwang sie, ihr zu sagen, was sie mit ihrem Gesicht angestellt habe. Die vollkommen eingeschüchterte Anna gestand Gabrielle schließlich alles. Sie erzählte ihr von der alten Frau auf dem Wochenmarkt und berichtete ihr von der wundersamen Creme, die sie von der Alten bekommen hatte. Gabrielle konnte sich das Ganze nicht bis zum Schluss anhören. Aufgebracht zog sie sich an und verließ wortlos die Wohnung. Sie wollte ebenfalls auf den Wochenmarkt, um sich bei der alten Frau auch solch eine Creme geben zu lassen. Als sie auf dem Markt eintraf, sah sie ganz am Ende der Straße die alte verfallene Bude. Davor stand, wie schon einmal die alte Frau und pries ihre Waren feil. Gabrielle stürmte auf die Alte zu und schrie sie an: „Wo haben Sie die Creme, die angeblich Wunder vollbringen kann! Ich will sie auch haben! Ich zahle Ihnen jeden Preis! Also, her damit!". Die Alte ließ sich gar nicht stören und lachte schallend, dass es noch bis zur Kirche zu hören war. Dann sagte sie mit belehrender Stimme: „Natürlich kannst Du die Creme haben. Ich schenke sie Dir sogar. Ich brauche kein Geld, denn die Creme ist kein Wundermittel. Es ist eine ganz einfach Creme, die lediglich das aus dem Gesicht herausholt, was man wirklich ist. Mehr nicht. Hier, nimm sie. Viel Glück.". Die Alte lächelte verstohlen und drückte Gabrielle die kleine Cremedose in die Hand. Die stürmte, ohne sich zu bedanken nach Hause zurück. Anna war nicht im Haus. Sie stand im Hof und hing die Wäsche, die sie bereits gewaschen hatte, auf die Leine. So hatte Gabrielle genügend Zeit, um die neue Creme in aller Ruhe auszuprobieren. Sie stand vor dem Spiegel und starrte sich mürrisch an. So hässlich wie an diesem Tage hatte sie sich noch nie gefühlt. Dabei sah sie erholt und frisch aus, denn sie arbeitete ja nicht, ließ alles von Anna erledigen. Sie öffnete das Cremetöpfchen und griff hinein. Und auch ihre Finger glitten durch die samtige, butterweiche Creme und benetzten schließlich die pfirsichweiche Haut ihres Gesichts. Dann legte sie sich wie jeden Tag, an dem die Sonne schien, auf die Terrasse und vergaß alles um sich herum. In Gedanken sah sie sich schon in einem weißen Cabrio dahinbrausen und ihr goldenes Haar wehte im Fahrtwind wie der Schweif einer wunderschönen Sternschnuppe. Sie sah, wie ihr die reichsten und schönsten Männer die Autotür öffneten und in die nobelsten Hotels entführten. Ach, sie fühlte sich so toll, dass sie Anna gar nicht bemerkte, wie sie auf die Terrasse kam. Doch was war das … Anna schrie laut und starrte entsetzt auf Gabrielles Gesicht! Gabrielle fuhr aus ihren Träumen und wusste gar nicht, wie ihr geschah. Doch Anna deutete auf ihr Gesicht und meinte dann mit abgehackter Stimme, dass Gabrielle sofort ins Bad gehen müsste, um sich zu betrachten. Gabrielle, die schon ahnte, dass sich an ihrem Aussehen etwas verändert haben musste, erhob sich grinsend aus ihrem Gartenstuhl und schritt siegessicher ins Badezimmer. Als sie vor dem Spiegel stand, glaubte sie für eine Minute, eine schreckliche Halluzination zu haben. Was ihr da entgegen schaute, war ein vernarbtes, griesgrämiges Gesicht, welches eher einem Monster glich als einer jungen Frau um die Zwanzig. Sie tastete mit den Fingern über ihre sonst so glatte pfirsichweiche Haut und erschrak. Die Haut war grob und voller Beulen. Und überdies fielen unzählige Schuppen von ihr ab. Auch ihr Haar war nicht mehr golden, es war orange und stumpf, als habe jemand einen Farbtopf über ihr ausgekippt. Nein, so hatte sich Gabrielle das Wunder mit der Creme nicht vorgestellt. Und sie fand, dass sie das einfach nicht verdient hatte. Sie rannte zurück zu Anna und beschimpfte sie mit üblen Ausdrücken. Außerdem sollte sie sofort die Creme zurück bringen, denn sie selbst traute sich nicht mehr, durch die Stadt zu gehen. Alle würden hinter ihr her pfeifen und lästern, wie hässlich sie doch war. Aber Anna reagierte gar nicht.

Vielmehr zog sie sich die Schürze aus und warf sie Gabrielle vor die Füße. Dann rief sie laut: „Den Teufel werd ich tun! Wenn Du etwas willst, dann tu es selbst! Ab sofort bin ich nicht mehr Deine Dienstmagd! Ich will leben, endlich leben!". Damit nahm sie ihre kleine Handtasche, die sie vor Jahren von den Eltern geschenkt bekam und lief aus dem Haus. Sie lief geradewegs zum Wochenmarkt, wo sie die alte Frau vermutete. Sie fühlte sich erleichtert und gut, ihrer hochnäsigen Schwester endlich die Meinung gesagt zu haben und wollte der Alten die Creme bezahlen. Doch als sie auf dem

Markt ankam, fand sie die Alte nicht mehr. Auch von dem verfallenen Kiosk fand sich keine Spur. Bei den umstehenden Händlern erkundigte sie sich nach der alten Frau. Doch die konnten sich nicht erinnern, je solch eine Frau gesehen zu haben. Traurig schlenderte Anna zu einer Bank und setzte sich. Da bemerkte sie, wie jemand neben ihr platz nahm. Als sie sich nach der fremden Person umdrehte, sah sie die alte Frau, die sie auf dem Markt vergeblich gesucht hatte. Sie saß schweigend neben ihr und ließ sich den lauen Wind um die Nase pusten. Anna sprach leise: „Ich wollte mich bei Dir bedanken für diese wunderschöne Creme. Sie hat mein Gesicht schöner gemacht. Und ich bin auch wirklich sehr glücklich. Deswegen möchte ich nun endlich meine Schulden begleichen. Aber ich habe noch eine Bitte. Meine Schwester, die auch diese Creme benutzt hatte, wurde hässlich und unansehnlich durch sie. Wenn es Dir möglich ist, mache sie wieder schön und wenn es erforderlich ist, dann nimm mir die Schönheit wieder weg. Ich möchte sie meiner Schwester geben, denn ich liebe sie sehr.". Die Alte wiegte vielsagend mit ihrem Kopf. Dann meinte sie nur: „Tja, das geht nicht mehr. Die Creme verwandelt jeden Menschen, der sie benutzt in das, was er wirklich ist. Deine Schwester kann nur wieder schön werden, wenn sie etwas dafür tut. Sag ihr das und sie wird von ganz allein wieder schön werden.". Anna musste weinen, als sie das hörte. Sie holte sich ein Taschentuch aus der Jackentasche und wischte sich damit ihre Tränen aus dem Gesicht. Als sie wieder nach der Alten schaute, war die nicht mehr da. Anna stand auf, wollte sie suchen, doch der gut einsehbare Markt lag recht verlassen und die alte Frau konnte sie nirgends mehr entdecken. Dennoch gingen ihr die Worte der alten Frau nicht mehr aus dem Sinn. Sie lief nach Hause und sprach dort mit ihrer vollkommen verzweifelten und aufgelösten Schwester. Die war derart am Boden zerstört, dass sie Anna versprach, ab sofort ein anderer Mensch zu werden. Anna meinte jedoch, dass sie kein anderer Mensch werden müsste, nur um mal etwas mehr im Haushalt zu helfen und freundlicher zu den Menschen, die um sie herum lebten, zu sein. Dazu gehört gar nicht viel. Ein nettes Wort, ein Lächeln und schon sieht die Welt gar nicht mehr so schlecht aus. Und schön muss man dazu überhaupt nicht sein. Gabrielle schienen diese Worte wirklich ins Mark getroffen zu haben. Noch am selben Tag übernahm sie sämtliche Hausarbeiten, die anfielen. Obwohl sie sich wegen ihres hässlichen Aussehens schämte, ging sie hinaus, kaufte ein und putzte die Wohnung, wie sie es noch nie getan hatte. Und welche Wunder ... die Leute auf der Straße, die ihr begegneten, schienen sich gar nicht an ihren Narben und Beulen im Gesicht zu stören. Weil sie ganz normal und mit einem kleinen Lächeln durch die Stadt lief, erntete sie freundliche Worte und aufmunternde Blicke von den Leuten. Am Abend war sie zufrieden mit sich und mit dem, was sie geschafft hatte. Und die beiden Schwestern saßen fröhlich auf dem Sofa und unterhielten sich angeregt. Das ganze Leben der beiden veränderte sich. Als Gabrielle eines Morgens wieder vorm Spiegel stand, stellte sie fest, dass die Narben und die Beulen und Schuppen von ihrer Haut abgefallen waren. Auch ihre Haare glänzten wieder golden und weich. Sie fand sich wieder ganz gut, wusste aber, dass es nicht das wichtigste war, schön auszusehen. Wichtig waren allein ihre Art und ihr Umgang mit den anderen Menschen. Denn nur dann konnte sie sich wohl fühlen. Wenn sie natürlich und nett bliebe, standen ihr sämtliche Türen zu den Herzen der Menschen weit offen. Die beiden Schwestern fanden nette Männer und bekamen süße Kinder. Und Gabrielle arbeitete in einem Verein für Schwerbehinderte. Sie bekam nicht viel Geld, aber sie war glücklich, denn sie tat etwas für die Menschen. Und immer, wenn sie vorm Spiegel stand, war sie zufrieden mit sich und der Welt.

Als Anna eines Tages wieder zum Wochenmarkt ging, um frisches Gemüse zu besorgen, entdeckte sie an einem Antiquitätenstand eine seltsame Figur. Sie kam ihr irgendwie bekannt vor – sie wusste nur nicht, woher. Neugierig erkundigte sie sich bei dem Händler nach der Figur. Der Händler sagte: „Das ist eine Figur aus dem Mittelalter, eine alte Zauberin. Man sagt, sie habe magische Kräfte. In alter Zeit soll sie Salben zusammengerührt haben, die die Menschen so erscheinen ließ, wie sie wirklich waren.". Da wusste Anna, woher sie die Figur kannte. Es war die alte Frau, die ihr die wundersame Creme der Schönheit gegeben hatte …

Manche Creme
scheint magisch klug
Doch sie ist
nur einfach Creme
Nein, sie ist nicht bös,
nicht gut
Sie scheint magisch
und auch klug
Macht dich schön,
recht angenehm
Doch sie ist
ganz einfach Creme …

12. Das Handtuch

Kürzlich führte mich mein Weg an einem sehr belebten Kinderspielplatz vorbei. Ich freute mich, dass es in diesen Zeiten noch so etwas gab. Und es gab mir wieder Hoffnung, dass wir mit unseren Kindern immer wieder eine neue Chance hatten, es besser machen zu können. Allerdings erinnerte ich mich auch an meine eigene Kinderzeit. Genau in diesem Moment fiel mir ein, was wir alles erlebten. Ständig mussten wir raus in die Natur, um irgendetwas zu erleben. Wir suchten regelrecht nach Abenteuern und damals fiel es uns nicht schwer, welche zu finden. Natürlich geschah nicht immer alles zur Freude unserer Eltern. Weil wir stundenlang unterwegs waren, sannen sie sich immer neue Ideen aus, damit wir wenigstens pünktlich zu den Mahlzeiten von unseren Mammuttouren zurückkehrten. Mir fiel da eine Geschichte ein, die mir noch heute mehr als unfassbar erscheint. Wie jedes Mal im Sommer traf ich mich täglich mit meinem besten Freund Jürgen draußen auf der Straße. Zusammen heckten wir die tollsten Streiche aus und ernteten dafür leider nicht selten ein ordentliches Donnerwetter von unseren Eltern. Dennoch hielt uns das höchstens mal ein oder zwei Tage auf. Dann taten wir so, als müssten wir die Zeit, in welcher wir nichts tun konnten, nachholen.

So fuhren wir mal mit den Fahrrädern eine derart weite Strecke, dass wir nicht zum vereinbarten Zeitpunkt zurückkehrten. Unsere Eltern machten sich bereits die schlimmsten Vorwürfe und als wir endlich gegen Abend eintrudelten … nun ja … es war eben nicht mehr lustig. So dachten sich Jürgens Eltern aus, dass sie ein Handtuch aus dem Badfenster hängten, wenn er heim kommen sollte. Diese Regel wurde auch sogleich mit einer harten Strafe bewehrt … würde er nicht kommen, obwohl das Handtuch draußen hing. So musste er drei Tage den Müll hinaus schaffen und obendrein auch noch sämtliches benutztes Geschirr aufwaschen. Wir hielten uns deswegen streng an diese Regel, denn wenn er heim musste, dann sollte auch ich gleich kommen. An jenem heißen Sommertag, an welchem dann doch alles anders wurde, spielten wir artig hinterm Hause und fuhren noch ein bisschen mit den Fahrrädern durch die Siedlung. Irgendwie war uns an diesem Tage nicht so recht nach Streichen und Späßen. Vielleicht lag das auch an der übermäßigen Hitze … ich weiß es heute nicht mehr. Gegen Abend hing das Handtuch draußen und Jürgen ging heim. Als er in die Wohnung kam, wunderte er sich sehr, denn die Mutter, die ihn sonst immer empfing, war nirgends zu sehen. Sein Vater konnte nicht da sein, der war schon weg zur Arbeit. Jürgen lief durch die Wohnung und fand seine Mutter am Boden liegend vor. Voller Angst lief er zu den Nachbarn, denn die besaßen als einzige ein Telefon. Der Arzt wurde gerufen und der fand heraus, dass Jürgens Mutter einen Kreislaufzusammenbruch erlitten hatte. Sie wurde mitgenommen und Jürgen nahm das Handtuch vom Fenster. Danach wollte er zu seinem Vater gehen, um ihm schnellstens davon zu berichten. Jürgens Vater arbeitete in einem nahe gelegenen Busdepot und Jürgen war schon oft bei ihm in der Firma, weil er sich ebenfalls sehr für Omnibusse interessierte. Als er aus der Haustür trat, schaute er noch einmal nach oben. Doch was war das … hatte er nicht das Handtuch herein geholt? Es hing noch immer aus dem Fenster. Jürgen war sich ganz sicher, es hereingenommen zu haben, ging aber noch einmal nach oben, um es herein zu holen. Als er es aus dem Fenster genommen hatte, zog er wieder los. Doch auch diesmal das gleiche merkwürdige Spielchen. Jürgen verließ das Haus und schaute noch einmal nach oben … und wieder hing das Handtuch aus dem Fenster. Diesmal wusste er nicht, was er davon halten sollte, denn er hatte es ja soeben herein geholt. Erneut lief er die Treppe nach oben und öffnete die Wohnungstür. Und diesmal bemerkte er einen stechenden Gasgeruch, der sich bereits in der Wohnung ausgebreitet hatte. Sofort schaltete er das Gas ab und öffnete alle Fenster. In seiner Eile hatte er vergessen, einen Wassertopf vom Herd zu nehmen. Er kochte

über und das Wasser löschte die Gasflamme darunter aus. Nicht auszudenken, was geschehen wäre, wenn er nicht noch einmal zurückgekehrt wäre. Nach einer Weile hatte sich das Gas verzogen.
Jürgen schaute noch einmal nach dem Herd, ob er diesmal auch alle Flammen ausgeschaltet hatte. Nachdem er auch noch einmal in alle Zimmer geschaut hatte, verließ er die Wohnung. Doch er konnte es nicht fassen, als er die Haustür hinter sich schloss und noch einmal nach oben schaute … aus dem Fenster hing schon wieder das Handtuch und wedelte frech im aufkommenden Wind. So langsam reichte es Jürgen – die vorangegangenen Male hatte alles ja noch seinen ganz bestimmten Grund, warum es aus dem Fenster hing … aber diesmal? Sollte er wirklich noch einmal nach oben gehen? Es half nichts – er musste doch noch einmal nach dem rechten schauen. Aufgeregt rannte er die Treppe nach oben und öffnete die Wohnungstür. Er schaute in alle Räume und entdeckte auch diesmal etwas sehr Besorgniserregendes. Aus dem Sicherungskasten stoben dutzende

Funken und drohten, einen Vorhang daneben in Brand zu setzen. Geistesgegenwärtig zog sich Jürgen die Winterhandschuhe über und schaltete den Hauptschalter ab. Dann besprühte er den Vorhang mit Wasser und wartete ab. Es geschah nichts und er wollte nun doch endlich zu seinem Vater gehen. Zuvor nahm er aber das Handtuch aus dem Fenster. Jürgens Vater jedoch war längst nicht mehr im Betrieb. Er hatte bereits die Nachricht erhalten, dass seine Frau im Stadtkrankenhaus liegt. Jürgen konnte das nicht wissen und wollte gerade die Wohnung verlassen, da fiel ihm das Handtuch ein. Sollte es tatsächlich wieder aus dem Fenster hängen? Er schaute noch einmal ans Badezimmerfenster, doch das Handtuch war weg. Jürgen atmete auf. Es schien alles in Ordnung zu sein. Er verließ die Wohnung und diesmal konnte er sich getrost auf den Weg zur Firma seines Vaters machen. Unterwegs musste er einen beschrankten Bahnübergang überqueren. Die Schranken waren geöffnet und Jürgen hätte getrost die Schienen überqueren können. Da entdeckte er etwas sehr Merkwürdiges. Aus dem Fenster des Bahnwärterhäuschens hing ein buntes Handtuch und flatterte munter im Winde. Was hatte das zu bedeuten? Ihn beschlich eine seltsame Ahnung. Vorsichtshalber wartete er noch einige Sekunden, bevor er sich entschloss, die Gleise zu überqueren. Und das war auch sein Glück … denn unmittelbar darauf raste ein Güterzug laut polternd an ihm vorbei. Offenbar war die Signalanlage ausgefallen oder der Bahnwärter hatte vergessen, die Schranken manuell zu schließen. Jürgen wollte die Gleise überqueren, aber das flatternde Handtuch am Fenster des Bahnwärterhäuschens ließ ihm einfach keine Ruhe. Er ging zur Tür und klingelte. Doch es öffnete keiner. Da vernahm er ein leises Stöhnen aus dem Inneren des Gebäudes. Nun hielt ihn nichts mehr. Irgendjemand schien hier in Not zu sein, das spürte er ganz deutlich. Mit beiden Händen donnerte er gegen die Tür und rief laut: „Hallo, ist es etwas passiert?". Doch er erhielt keine Antwort. Nur das nicht enden wollende Stöhnen drang an seine Ohren. Neben dem Eingang lag eine Eisendstange herum. Vermutlich nutzte sie der Bahnwärter, um mit ihr die Schrankenmechanik zu bedienen. Er nahm die Stange und schlug damit die Scheibe der Haustür ein. Dann griff er vorsichtig nach innen und öffnete die Tür. Er fand den Bahnwärter auf dem Fußboden liegend vor und rief mit dem Telefon, welches auf einem Tisch stand, den Notarzt. Der Notarzt stellte einen Herzinfarkt bei dem Bahnwärter fest und konnte gerade noch rechtzeitig gerettet werden. Als Jürgen das Bahnwärterhäuschen verließ, bemerkte er erleichtert, dass auch das Handtuch verschwunden war. Der Krankenwagen nahm Jürgen mit ins Krankenhaus, weil er dem Bahnwärter noch einige Sachen zusammengepackt hatte. Dort traf er auf seinen Vater, der gerade auf dem Gang wartete. Die Freude war riesengroß, denn auch die Mutter konnte entlassen werden. Es ging ihr wieder gut, musste sich aber schonen. Als die drei glücklich und zufrieden Zuhause ankamen, sah Jürgen schon Weitem das Unheil, welches aus dem Badfenster hing … das Handtuch. Ihm war nicht wohl zumute, als er zusammen mit seinen Eltern die Wohnung betrat. Doch er ließ sich nichts anmerken. Glücklicherweise war diesmal nichts geschehen. Den ganzen Tag passierte nichts und Jürgen hatte das Handtuch längst aus dem Fenster genommen. Am Abend allerdings geschah das Unfassbare! Im Fernsehen wurden die Lottozahlen angesagt und Jürgen hatte eine hohe Geldsumme gewonnen …

13. Kohlenmonoxid

Meine Eltern lebten seit 50 Jahren in dem alten Mietshaus. Damals, vor der Wende wohnten dort Menschen, die sich ihr kleines Glück hart erarbeiten mussten. Geschenkt wurde ihnen nichts. Viele arbeiteten beim Bergbau und Zeit, ihr Leben zu genießen, hatten sie nicht. Als die Leute älter wurden, sanierte man den alt ehrwürdigen Bau. Mein Vater, der in seiner Jugend das Fundament mit vielen anderer seiner Kumpels ausgeschachtet hatte, war in der Zwischenzeit ein achtzigjähriger Rentner geworden. Nach der Wende und nach der Renovierung des Hauses zogen Menschen dort ein, denen man sonst auf der Straße besser aus dem Wege ging. Hass, Neid und Kriminalität beherrschte die Wohngegend. Heute weiß ich nicht mehr, wie oft ich den lieben Gott bat, meinen Eltern die Ruhe, die sie sich verdient hatten, zurück zu geben. Doch ich hatte den Eindruck, dass es nach meinen verzweifelten Gebeten immer noch viel schlimmer wurde. Zwar dachten meine Eltern oft darüber nach, aus diesem Hause auszuziehen. Doch ich wusste- einen alten Baum pflanzt man nicht mehr um. So ertrugen sie dieses schlimme Schicksal. Sehr oft besuchte ich sie, wollte damit zeigen, dass wir uns nicht unterkriegen ließen. Aber ich bemerkte die Traurigkeit in den Augen meiner Mutter. Mein Vater ließ sich nichts anmerken. Aber ich wusste, dass er insgeheim litt. An einem stürmischen Herbstabend saßen wir alle zusammen und schwärmten von den alten Zeiten. Wir erinnerten uns an so manche frohe Stunde und schauten uns die alten Fotos an. Meine Eltern schienen sich endlich einmal wieder zu freuen. Endlich lachten sie und ich dachte in diesem Moment, wie schön es doch ist, dass wir uns noch hatten. Keinem schien aufgefallen zu sein, dass ein merkwürdiger Geruch durch die Räume zog. Es roch verbrannt, wie damals, als man noch den Ofen anheizen musste. Als der Geruch noch stärker wurde, schaute ich nach dem Rechten. Überall in der Wohnung befanden sich noch die alten Kaminschächte. Zwar hatte man sie bei der Sanierung des Hauses zugemauert, dennoch kroch an manchen Tagen ein Hauch von Abgasen durch die Zimmer. Ich konnte mir das alles nicht erklären. Schließlich wurde der Geruch so stark, dass wir uns anzogen und die Wohnung verließen. Verwundert nahm ich zur Kenntnis, dass im Treppenhaus kein Mensch anzutreffen war. Und obwohl mir die neuen Nachbarn zuwider waren, klingelte ich bei ihnen. Ich wollte sie warnen, vielleicht war ja irgendwo ein Brand ausgebrochen. Ich hatte kein gutes Gefühl. Und als keiner öffnete, beschlossen wir, die Feuerwehr zu benachrichtigen. Die Feuerwehr kam schnell. Wir verließen das Haus und was dann geschah, ließ uns alle erstarren. Man stellte fest, dass große Mengen an Kohlenmonoxid aus den alten Kaminschächten entwichen waren. Als man die Wohnungen der Nachbarn aufbrach, entdeckte man nur noch deren Leichen. Sie hatten diese Katastrophe nicht überlebt. Und als wir von dem starken Geruch in unserer Wohnung berichteten, schauten uns die Feuerwehrleute ganz seltsam an. Ich erinnere mich genau an ihre zu Eis erstarrten Gesichter. Sie meinten nur, dass in unserer Wohnung die CO– Konzentration am höchsten gewesen sei. Schuld war offenbar ein illegaler Kaminanschluss in der Nachbarwohnung. Außerdem sei Kohlenmonoxid geruchlos. Den Messergebnissen zufolge, hätten wir alle längst tot sein müssen. Warum sich das sonst geruchlose hochgiftige Gas ausgerechnet in unserer Wohnung durch diesen sonderbaren Geruch bemerkbar machte, wussten wir nicht. War es eine Warnung? Fest stand nur eines- die Nachbarn waren wir los. Und nachdem man die Kaminschächte entfernt hatte, zogen wieder liebenswerte Leute in das Haus. Meine Eltern fanden endlich die Ruhe, die sie sich immer wünschten. Bei meinem Dankesgebet in der folgenden Nacht bemerkte ich unzählige Sternschnuppen, die jenseits des Horizontes hell aufblitzten und ein seltsamer Geruch zog zum Fenster herein…

14. Internetverbindung
(Die Besorgnis einer Mutter)

Seit etwa drei Jahren befand sich unser Sohn André im Ausland. Er hatte sich bereit erklärt, im Rahmen eines Austausches, einem Stamm in Afrika Computerkenntnisse beizubringen. Im Gegenzug kamen junge Leute dieses Stammes hierher, um sich zu Fachkräften ausbilden zu lassen. Da eine Telefonverbindung zu Andrés Camp jedoch sehr teuer war, hatten wir zu diesem Zweck eine halbwegs funktionierende Internetverbindung einrichten lassen. Über eine Web- Kamera und einem speziellen Messenger konnten wir uns fast jeden Tag sprechen und sogar sehen. Das gab uns die relative Beruhigung, dass es André gut ging. Allerdings fiel in Andrés Camp in Afrika ab und zu der Strom aus. War doch mal alles in Ordnung, dann gab es Internetschwierigkeiten. Denn in nicht allen Regionen war das Netz so gut ausgebaut wie bei uns. Es war an einem Sonntag, als es mir nicht gut ging. Ich hatte ständig das Gefühl, dass mit André irgendetwas nicht stimmte. Als seine Mutter hatte ich einen besonders intensiven Kontakt zu ihm. Schon in der vorangegangenen Nacht konnte ich nicht schlafen, lag dauernd wach und hatte starke Kopfschmerzen. Ich konnte mir das einfach nicht erklären. Seit Tagen gab es keine Internetverbindung mehr zu André und am Telefon war nur ein merkwürdiges Rauschen und Knacken zu hören, mehr nicht. Meine Ängste wuchsen ins Unermessliche und ich setzte mich schon am frühen Morgen an den Laptop. Vielleicht gelang es mir ja doch, schon früh am Morgen einen Kontakt zu Andrés Camp aufzubauen. Und es war ganz seltsam … nach anfänglichen Schwierigkeiten, erhielt ich plötzlich ein Bild. Es war nicht sehr gut, aber es war da und das gab mir schon wieder ein wenig Hoffnung. Ich sah einen spärlich eingerichteten Raum und überall lagen Ziegelsteine und Schutt herum. Sollte das Andrés Zimmer sein? Plötzlich erzitterte das Bild und alles purzelte wild im Zimmer herum. Was war da nur los? Ich versuchte, das Bild etwas schärfer einzustellen. Doch es gelang mir nicht. Es war ohnehin schon viel, dass ich überhaupt diese Verbindung hatte. Aber noch etwas anderes wunderte mich. Die Kamera blieb nicht konstant an einem Punkt in diesem Raum. Nein, mit den Cursortasten des PCs konnte ich je nach Pfeilrichtung mal nach links, dann nach rechts und auch weiter in den Raum hinein gelangen. Wie war das nur möglich, wenn die Kamera doch konstant an einem Ort stand und von keinem anderen bewegt wurde? Da meine Computerkenntnisse nicht so überragend waren, dachte ich auch nicht weiter darüber nach. Als ich die Technik mit den Cursortasten und der Kamera so einigermaßen beherrschte, schaute ich mich Raum genauer um. Andrés Bett schien leer zu sein. Auch am Tisch saß er nicht. Wo konnte er nur sein? So viele Räume konnte er doch gar nicht bewohnen. Plötzlich gab er erneut eine heftige Erschütterung und das Bild schwankte derart, dass ich kaum noch etwas erkennen konnte. Und nun, ganz unvermittelt hörte ich auch etwas. Es knallte und krachte und es hörte sich an, wie ein schlecht eingestellter Radiosender. Aber was war das ... ganz langsam begannen sich Buchstaben auf dem Bildschirm zu formen. Zunächst ergaben sie keinerlei Sinn. Doch als der Satz fertig war las ich: „Helft uns ... wir werden angegriffen!". Also doch! Ich wusste es! Irgendetwas war geschehen! Vermutlich gab es einen Aufstand oder eine militärische Handlung in der Nähe des Camps. In solch weit entfernten Regionen konnte man ja nie so genau wissen, was los war. Mir wurde schlecht und seltsam flau im Kopf. Und plötzlich hatte ich nur noch ein Ziel ... ich musste André erreichen. Wir hatten für solcherlei Zwecke und dringende Notfälle eine Telefonnummer zu einer speziellen Hotline erhalten. Ohne lange zu überlegen rief ich dort an. Am anderen Ende hatte man großes Verständnis für meine Besorgnis. Auch dort hatte man seit Tagen keinerlei Verbindung mehr mit dem Camp in Afrika. Aber dass etwas geschehen sein sollte, wusste man dort nicht. Ich teilte den Leuten meine Erlebnisse am Computer mit. Der Mann am anderen Ende versprach, sich sofort mit der Botschaft des afrikanischen Landes in Verbindung zu setzen und mich dann wieder zu informieren. Ich setzte mich wieder an den PC und starrte auf den Bildschirm. Da … endlich … Andrés Gesicht! Vor Überraschung wäre ich bald in den Bildschirm hinein gefallen, so erleichtert war ich, ihn unbeschadet vor mir zu sehen. Natürlich erkundigte ich mich sofort, was geschehen war. Aber André antwortete nicht … regungslos schaute er mich an und sprach kein Wort. Ich glaubte, dass der PC vielleicht nicht richtig funktionierte, doch auf mein leichtes Rütteln am Gerät tat sich ebenfalls nichts. André schaute mich so traurig an, dass mir unwillkürlich die Tränen in die Augen schossen. Und nur eine einzige Frage schwirrte durch meine Sinne … wie ging es ihm? Als endlich der lang ersehnte Anruf kam, brach die Internetverbindung zusammen. Der freundliche Herr am anderen Ende sagte, dass es Kämpfe zwischen verfeindeten Stämmen gegeben hatte. Auch das Camp sei betroffen und André läge mit leichten Verletzungen im

Krankenhaus. Man hatte sich bereits um einen baldigen Flug für die Angehörigen gekümmert. Schon in der folgenden Nacht flogen wir zu André. Es stellte sich heraus, dass er glücklicherweise nur leicht verletzt war. Der Überfall geschah bereits vor drei Tagen. Dabei wurde das Camp total verwüstet und sämtliche Computer, sowie andere Technik wurde gestohlen. Ich sprach André auf die seltsame Nachricht an, welche ich auf unserem PC gelesen hatte. Auch fragte ich ihn, warum er am PC nichts gesagt hatte. Doch André schaute mich nur ungläubig an und meinte dann, dass er in den letzten drei Tagen nicht am Rechner sein konnte, weil er da schon im Krankenhaus lag. Bei der späteren Untersuchung der Internetverbindung stellte sich überdies heraus, dass das Camp bereits seit einer Woche total von der Außenwelt abgeschnitten war …

15. Die Verwandlung

Hank Meyers arbeitete gern in seiner Firma. Er war als Montagearbeiter in einer Spielzeugfabrik tätig. Mit seinen Arbeitskollegen kam er wunderbar aus und sein Chef bot ihm sogar an, in eine etwas besser bezahlte Position aufzusteigen. Henk sagte zu und war auch in dieser Position bei seinen Kollegen recht angesehen. Die Leute arbeiteten gern mit ihm zusammen, deswegen verwunderte es Hank, als ihn sein Vorarbeiter Jo auf einen Mitarbeiter aufmerksam machte. Er sagte nichts Genaues, aber es schien sehr wichtig zu sein. Denn der besagte Mitarbeiter zog sich mehr und mehr vom Mitarbeiterteam zurück. Er sprach kaum noch und war sehr oft krank. Hank versprach, der Sache nachzugehen und meinte, dass der Vorarbeiter die Kollegen beruhigen möge. Denn solch ein Vorfall beeinflusste sofort die Arbeitsmoral des Teams. Als der Vorarbeiter gegangen war, ging Hank in die Garderobe, um den betreffenden Mitarbeiter, dessen Arbeitszeit in Kürze begann, dort abzufangen. Er wollte mit ihm sprechen und ihn fragen, was er für Sorgen hatte. Als der Mitarbeiter mit Namen Li erschien, ging Hank auf ihn zu und stellte ihn ruhig zur Rede. Doch Li, der sich gerade umziehen wollte, öffnete schweigend seinen Spind und nahm die Arbeitskombination heraus. Er schien sehr seltsam, reagierte gar nicht auf das, was Hank zu ihm sagte. Als Hank ihm klarlegte, dass der Chef nicht lange zögern würde, wenn er davon Wind bekäme, reagierte Li doch noch. Mit leisen Worten sagte er: „Das ist doch alles egal. Alles kommt so, wie es eben kommt.". Damit schien für Li die Angelegenheit erledigt und er verschwand in Richtung Produktionshalle. Hank setzte sich an einen Tisch, an welchem sonst die Arbeiter ihre Pausen abhielten und dachte lange nach. Was sollte er nur tun? Er konnte doch unmöglich dem Chef davon berichten. Aber der Vorarbeiter … wenn der im Alleingang dem Chef von Li berichtete … nicht auszudenken! Er beschloss, Li heimlich zu beobachten. Vielleicht bekam er ja auf diese Weise heraus, was mit ihm los war. Und vielleicht konnte er ihm dann auch helfen. Obwohl seine Schicht zu Ende war, blieb er noch so lange in der Firma, bis auch Li Dienstschluss hatte. Noch bevor Li nach Dienstende in die Garderobe kam, zog sich Hank um und wartete in einem Nebenraum. Li kam und kleidete sich um. Doch dann geschah etwas sehr seltsames. Die wenigen Kollegen der Abendschicht waren längt fort, da ging Li vor den Spiegel und fuhr mit einer Hand darüber hinweg. Sogleich stieg eine Dunstwolke aus dem Spiegel und irgendeine fremde Person, die Hank nicht erkennen konnte, erschien im Spiegel. Mit seltsam monotoner Stimme sprach Li mit der unbekannten Person: „Heute Nacht wird es soweit sein. Dann werdet Ihr mich holen können. Mein Körper hat sich nun verändert und nur noch äußerlich bin ich ein Mensch. Es ist mein größtes Glück, bald zu Euch zu gehören.". Dann blieb er noch eine Minute schweigend vor dem Spiegel stehen. Die Person im Spiegel sprach kein Wort, nur der merkwürdige Dunst hüllte den Spiegel in sich ein und die fremde Person verschwand. Li schien wie aus einem tiefen Traum zu erwachen, schüttelte mehrmals seinen Kopf und verließ die menschenleere Garderobe. Hank wartete ebenfalls noch eine kleine Weile ab, er wollte ja nicht von Li entdeckt werden. Dann verließ auch er die Garderobe und lief hinter Li her. Der hatte in der Zwischenzeit den Parkplatz erreicht und stieg gerade in seinen Wagen. Hank versteckte sich hinter einer Wand und als Li losfuhr, rannte er flugs zu seinem Auto und fuhr in angemessenem Abstand hinter Li her. Vor seinem Wohnhaus hielt Li an und stieg aus. In der Zwischenzeit war es stockdunkel geworden. Hank hatte große Mühe, zu sehen, wo sich Li gerade befand. Als Li hinter der Haustür verschwand sprang Hank auf die Tür zu und konnte gerade noch im letzten Moment seinen Fuß in die zufallende Tür stellen. Vorsichtig öffnete er sie und ging ins Treppenhaus. Li schien ganz oben zu wohnen und da es keinen Lift gab, musste er die Treppen hinauf laufen. Hank folgte ihm und versuchte sich so leise wie nur möglich zu verhalten. Li schloss die Tür seiner Wohnung auf und verschwand im Dunkel der dahinter befindlichen Räume. Doch er schien die Tür wohl nicht richtig verschlossen zu haben. Klackend sprang sie wieder auf. Hank, der nun ebenfalls vor Li´s Wohnung stand, erschrak. Kam Li etwa wieder heraus? Noch einmal rannte er eine Treppe nach unten. Doch Li schien wohl nichts gehört zu haben. Es blieb ruhig. Hank schlich sich wieder nach oben und stupste die offen stehende Wohnungstür ganz auf. In der Wohnung war es dunkel. Hank konnte zunächst nichts erkennen. Am Ende des langen Flures befand sich noch ein Zimmer. Hier musste Li sein, dachte er sich und horchte an der Tür. Völlig unvermittelt sprang die Tür auf. Hank erschrak und glaubte, nun doch von Li entdeckt zu werden. Doch was er dann sah, konnte er zunächst gar nicht glauben. In der Mitte des Zimmers stand Li. Er schien von der Welt und allem irdischen entrückt und hatte seine Augen geschlossen. Merkwürdiges Licht fiel durch das Fenster auf ihn. War es ein

Strahler oder eine Laterne? Aber hier oben im dritten Stock? Nein, es war ein intensives weißes Licht und es funkelte wie das Glitzern der Sterne am Himmel.
Hank starrte entgeistert auf die merkwürdige Lichterscheinung. Plötzlich hob Li seine Arme und murmelte irgendwelche unverständlichen Worte. Aus dem Lichtstrahl zuckte ein greller gelber Blitz und Li begann sich drehen. Immer schneller drehte er sich um seine eigene Achse. Als er endlich wieder langsamer wurde, sah er anders aus. Er schien sich verjüngt zu haben. Ein Junge um die Dreizehn Jahre stand da im Raum. Und er hatte riesige weiße Flügel auf dem Rücken. Hank konnte es nicht fassen, wischte sich mehrmals die Augen. Doch er hatte sich nicht getäuscht – vor ihm stand ein Junge mit weißen Flügeln … ein Engel. Aber alles wurde noch viel Unfassbarer … aus dem Lichtstrahl entstieg ein zweiter Engel und verneigte sich vor Li. Dann bewegten beide ihre Flügel und stiegen in den Lichtstrahl hinein. Schließlich flogen sie in diesem Lichtstrahl wie auf einer hell erleuchteten Straße zu-

sammen aus dem Fenster. Als sie fortgeflogen waren, verschwand auch der Lichtstrahl und Hank stand im Dunkeln. Nur der Wind bewegte die offen stehenden Fensterflügel. Hank konnte nicht glauben, was er da gerade erlebt hatte. Li, einer seiner besten Arbeiter hatte sich in einen Engel verwandelt. Ängste kamen in ihm auf … wie sollte er das seinem Chef beibringen? Kein Mensch würde ihm das glauben und man würde ihn für Verrückt erklären. Am Ende würde er seinen Job verlieren. Er nahm sich vor, nichts von alledem zu erzählen. Wenn Li nicht mehr zur Arbeit käme, dann würde man das schon merken. Wie immer wollte er am nächsten Morgen zur Arbeit gehen und so tun, als sei nichts geschehen. Wenn jemand nach Li fragte, dann würde er sich einfach unwissend geben. Am nächsten Morgen wartete der Vorarbeiter Jo sehr lange auf seinen Vorgesetzten. Hank ließ an diesem Tag wohl etwas auf sich warten. Er kam einfach nicht. Auch Li, der seltsame Kollege, blieb einfach unentschuldigt von der Arbeit weg. Vielleicht hatte er noch nicht ausgeschlafen, denn er hatte ja am vorangegangenen Tag Abenddienst. Dennoch gab es da kein Pardon. Jo wartete noch eine Weile, dann meldete er das Fehlen beider Kollegen dem Chef. Der wiederum beauftragte Jo, noch bis zum Mittag zu warten. Dann sollte er sich darum kümmern. Es wurde Mittag, doch von Hank und Li gab es keinerlei Zeichen. Der Vorarbeiter nutzte seine Mittagspause und ging zu Hank nach Hause. Vielleicht war er ja krank oder ihm war etwas passiert, sodass er sich nicht melden konnte. Als er vor Hanks Haus stand, fiel ihm zunächst nichts Besonderes auf. Auf sein Klingeln jedoch antwortete niemand. Von einem Nachbar ließ er sich die Tür öffnen. Auch der Nachbar hatte Hank an diesem Tage noch nicht zu Gesicht bekommen und wusste auch nicht, ob Hank krank war. Mehrmals klingelte Jo an Hanks Tür, doch es öffnete keiner. Als er plötzlich ein merkwürdiges Poltern aus dem Inneren der Wohnung vernahm, weiterhin niemand auf sein lang anhaltendes Klingeln reagierte, benachrichtigte er die Polizei. Als die wenig später eintraf und die

Tür öffnete, fanden sie Hank nicht in der Wohnung vor. Allerdings stellten sie fest, dass alle Fenster sperrangelweit offen standen und überall in der ganzen Wohnung weiße Federn herum lagen. Das Poltern musste von den Fensterflügeln herrühren, die vom Wind bewegt wurden. Leichter Nebel zog durch die Räume. Selbst der Spiegel im Korridor war beschlagen und ein seltsames Bild zeigte sich darin. Jo glaubte Hank darin zu sehen … doch dieser sah irgendwie anders aus … er war viel jünger geworden und hatte große weiße Flügel auf dem Rücken. Als der Jo dicht vor dem Spiegel stand, um Genaueres zu erkennen, sah er plötzlich einen gleißend hellen Lichtstrahl. Er kam geradewegs auf ihn zu. Und als er in das helle Licht starrte, spürte er, wie sein Körper leichter wurde … beinahe federleicht …

16. Virtueller Assistent

Neuerdings gibt es im Internet sogenannte „Virtuelle Assistenten". Über den PC nimmt man mit diesen Agenturen Kontakt auf und bekommt postwendend Hilfe, zum Beispiel bei der Suche nach interessanten Sehenswürdigkeiten in einer anderen Stadt oder bei der Suche nach einer Haushaltshilfe. Senta Kolberg bediente sich ebenfalls seit einiger Zeit solcher Assistenten. Da sie wegen ihres Jobs wenig Zeit hatte, brauchte sie dringend einen Babysitter.

Übers Internet ließ sie sich zu einer solchen Agentur vermitteln. Der „Virtuelle Assistent" versprach ihr sofort zu helfen. Schon am gleichen Tage meldete sich eine junge Frau, die vorgab, von der Agentur geschickt worden zu sein. Senta war überglücklich, denn ausgerechnet an diesem Tage musste sie zu einer wichtigen Veranstaltung ins Rathaus. So musste sie sich hundertprozentig darauf verlassen können, dass alles klappt. Die junge Babysitterin versprach alles so zu tun, damit Senta vollauf mit ihr zufrieden sein würde. Am Nachmittag verabschiedete sich Senta von der jungen Frau und nahm wie immer, wenn sie unterwegs war, den Laptop mit. Der Nachmittag verlief so, wie es sich Senta erhoffte. Es geschah nichts und Senta stieg in ihren Wagen, um noch zu ihrer Großmutter zu fahren, die krank zu Hause lag. Da fiel ihr Blick auf den Laptop, der neben ihr auf dem Sitz lag. Er hatte sich seltsamerweise eingeschaltet und der „Virtuelle Assistent" hatte ihr eine wichtige Nachricht zukommen lassen. Senta las: „Feuer in der Küche … die Babysitterin ist von Flammen eingeschlossen!". Senta starrte auf das Display. Sie wusste nicht genau, ob sie das glauben sollte oder nicht. Konnte dieser „Virtuelle Assistent" tatsächlich solcherlei Nachrichten verbreiten? Davon hatte sie noch nie etwas gehört. Senta rief bei der Großmutter an und entschuldigte sich, dass sie nun doch nicht zu ihr kommen könnte. Dann startete sie den Wagen und raste nach Hause. Und es war alles so, wie der Assistent ihr mitteilte. Schon die halbe Wohnung stand in Flammen und der beißende Qualm hatte sich nahezu überall ausgebreitet. Senta rief sofort die Feuerwehr und löschte mit einem Wasserschlauch, den sie im Badezimmer fand, die Flammen vor der Küchentür. Dahinter stand die Babysitterin und hatte das Kind in den Armen. Sie war derart verschreckt, dass sie am ganzen Leibe zitterte. Senta zögerte keine Sekunde, zog die beiden hinter sich her bis hinaus ins Freie. Dort konnten sie nur noch ansehen, wie das Haus in Schutt und Asche fiel. Aber Senta war erleichtert, denn ihrem kleinen Kind und auch der Babysitterin waren nichts passiert – nur das zählte. Sie hatte eine gute Versicherung und genug Geld, um sich ein neues Haus zu kaufen. Die Babysitterin wurde von einem Notarztwagen ins Krankenhaus gebracht. Auch das Kind wurde sofort untersucht. Doch beide waren wohlauf und hatten wirklich großes Glück gehabt. Senta brachte die Babysitterin nach Hause und wollte sich ein Hotelzimmer suchen. Damit beauftragte sie den Assistenten. Der fand sofort ein schönes Hotel und ein freies Zimmer darin. Dazu musste Senta quer durch die Stadt fahren. Sie streichelte ihr kleines Kind und küsste es. Dann fuhr sie los. Unterwegs meldete sich der Assistent. Senta hielt an und las die Meldung: „Achtung! Fahren Sie auf keinen Fall diese Strecke weiter. Vor Ihnen stürzt in wenigen Minuten eine Brücke, die sie überfahren müssten, ein. Nehmen Sie den nachfolgenden Weg.". Senta bremste und fuhr den angegeben Umweg. Als sie in einiger Entfernung an der Brücke vorüber fuhr, krachte es plötzlich laut und die Brücke stürzte mit lautem Getöse in sich zusammen. Glücklicherweise war sie weit genug entfernt von der Unglücksstelle, doch wäre sie weiter auf der vorher angegeben Route unterwegs gewesen, dann wäre sie über die Brücke gefahren. Weil es bereits Nacht war, fuhr kein weiteres Fahrzeug über die Brücke und es gab keinerlei Opfer zu beklagen. Trotzdem war sie noch immer nicht im Hotel. Und sie tat gut daran, sich nicht zu früh zu freuen, denn plötzlich meldete sich erneut der Assistent. Er warnte davor, dass sie mit ihrem Wagen weiter fuhr. Er wies auf einen Defekt in der Bremsmechanik hin und ersuchte sie, sofort an den Straßenrand zu fahren und anzuhalten.

Senta hielt an und spürte, dass die Bremse schon zu diesem Zeitpunkt nicht mehr richtig funktionierte. Der Wagen hielt nicht gleich an sondern musste durch einen Baumstumpf am Straßenrand zum Stehen gebracht werden. Es passiert nichts, doch hinter dem Baumstumpf ging es bergab und Senta wäre unweigerlich in die unten befindliche Tankstelle gerast. Sie stieg aus und rief ein Taxi. Während der Wartezeit packte sie ihren Laptop und andere Utensilien, die im Wagen herum lagen in eine leere Reistasche, die sie stets im Fahrzeug bei sich hatte. Als das Taxi kam, stieg sie mit der Reisetasche und dem Kind auf ihrem Arm in den Wagen und ließ sich zum Hotel bringen. Unterwegs jedoch vernahm sie ein seltsames Pfeifen … es schien aus ihrer Reisetasche zu kommen. Vorsichtig setzte sie das Kind auf den Sitz neben sich und schaute in der Tasche nach, woher das Geräusch kam. Es war ihr noch eingeschalteter Laptop. Ihr „Virtueller Assistent" hatte sich gemeldet. Doch sie konnte nicht mehr lesen, worum es ging. Als das Taxi durch ein Schlagloch fuhr, verrutschte sie mit der Maus und löschte versehentlich die Meldung. Das Taxi hielt vorm Hotel und Senta stieg mit Kind und Kegel aus, um sich dort für einige Tage einzumieten. Plötzlich hörte sie jemand hinter sich rufen. Es war der Taxifahrer, der sie bat, noch einmal zurück zu kommen. Senta ließ ihre Reisetasche zurück und lief noch einmal zum Taxi zurück. Dort hatte der Fahrer etwas Merkwürdiges entdeckt. Auf dem Sitzpolster lag ein großer Umschlag, den der Taxifahrer nicht anrühren wollte. Aber auch Senta wusste nicht, was es war. Doch sie hörte ein merkwürdiges Ticken … und sie hatte sofort einen Verdacht. Sie schrie den Taxifahrer an, er möge sofort mit ihr ins Hotel zurück rennen. Im Wagen vermutete sie eine Bombe. Der vollkommen überfahrene Taxichauffeur rannte mit Senta zurück zum Hotel. Gerade hatte sich die Tür hinter ihnen geschlossen, da explodierte der Wagen hinter ihnen. Die heftige Druckwelle ließ die Scheiben des Foyers und der Eingangstür bersten. Senta fiel in die Arme des Taxifahrers und fühlte sich trotz des mordsmäßigen Schrecks wunderbar. Nicht einmal das Kind in ihrem Arm schrie. Die sofort herbei geeilte Polizei untersuchte das Fahrzeug und der Taxifahrer berichtete, dass er eigentlich zwei Herren vor einem Nachtclub abholen sollte, nachdem er Senta am Hotel abgesetzt hatte. Die Bombe war wohl für diese Fahrgäste bestimmt und hätte aufgrund der zu frühen Zündung beinahe den Taxifahrer und Senta mit ihrem Kind umgebracht. Doch dazu kam es glücklicherweise nicht mehr. Alle kamen lediglich mit dem Schrecken davon. Senta verspürte irgendetwas für den Taxifahrer und schaute am Abend noch einmal auf ihren Laptop, bevor sie mit dem Fahrer noch ein Glas Rotwein trinken wollte. Es gab eine neue Nachricht von ihrem Assistenten. Aufgeregt las Senta: „Du wirst Dich in den Taxifahrer verlieben und sehr glücklich sein.". Senta glaubte an einen schlechten

Scherz und rief schließlich entrüstet bei der Agentur des „Virtuellen Assistenten" an. Doch obwohl man auf der Internetseite hinwies, dass die Agentur rund um die Uhr zu erreichen sei, meldete sich keiner. Senta blieb nichts weiter übrig, als eine Email an die Agenturadresse zu schicken. Umgehend erhielt sie eine Antwort. Da stand: „Dies ist eine automatisch generierte Mail. Wir teilen Ihnen mit, dass die Agentur der Virtuellen Assistenten seit dem 21.08.2007 nicht mehr existiert und fortan auch nicht mehr erreichbar ist.". Irritiert schaute Senta auf den Kalender an der Wand ... er zeigte den 21.08.2009 ...

17. Die Hoffnung

Es schien das Ende, dieser 11. September 2001 in New York. Brian war Feuerwehrmann und vor wenigen Stunden noch in diesem Turm! Kurz, nachdem das Flugzeug dort hinein raste. Kein Mensch konnte damit rechnen, mit diesem abgrundtiefen Hass auf alles Leben. Wer wollte die Menschen da vernichten? Wer liebte den Tod so sehr, dass er solch einen Wahn in sich verspürte? Der Teufel selbst? Brian wusste es nicht und wollte das nicht wissen! Er war ein Feuerwehrmann, der das Leben rettete. Er war ein Mensch, von all den anderen. Er wollte helfen – er musste helfen. Es war so wichtig und er wurde so dringend gebraucht. Doch in diesen Minuten dieser unbeschreiblichen Angst in einer Stadt der Superlative schien alles egal zu sein. Solch ein Verderben kannte man dort bisher nicht. In dieser Wichtigkeit, in dieser Riesigkeit dieses Seins und des Denkens war plötzlich das Ende des Denkens am Werk. Alle Klugheit des menschlichen Denkens schien vorbei. Dahingegangen in einer vernichtenden Wolke aus Staub, Verderben und Wut. Es schien wie der Weltuntergang. War es der Weltuntergang? Diese Stunde Null, die Apokalypse der neuen Zeit war nun da. So unvorhergesehen, so unangemeldet. Und mitten drin war dieser Feuerwehrmann, der doch nur helfen wollte. Ein Mensch, ein einfacher Mensch mit einer Familie- irgendwo in diesem Land der Freiheit. Keinen interessierte das mehr. Und wo sonst das strahlende Leben pulsierte, herrschten nun der Tod und das Verlassensein. Nichts glich mehr dem ständigen Aufschwung oder dem immer weiter strebenden Leben. Alles schien zerstört, so zerstört wie dieser Turm. Brian spürte diese unerträglichen Erschütterungen, die plötzlich da waren und ganz Manhattan erschütterten. Das Rütteln, das nicht enden wollende Vibrieren beherrschte sogar den ganzen Leib. Es ließ nicht locker und hörte nicht mehr auf. Das Herz stand still. Brian war oben und lief gerade die endlose Treppe hinunter, als es passierte. Der Turm stürzte ein. Er wollte andere retten und war am Ende todgeweiht und konnte möglicherweise nicht einmal mehr sein eigenes Leben in Sicherheit bringen. Und es schien verrückt – ausgerechnet an diesem Tage hatte er Geburtstag. Er hatte sich immer gewünscht, den Brand seines Lebens löschen zu können. Doch sollte dies tatsächlich dieser Brand sein? Diese Vernichtung des Lebens und des Seins? Er wusste es nicht und lief und lief und lief … die Treppe wackelte und fiel in sich zusammen. Brian spürte, wie der Boden unter ihm nachgab. Er rutschte in dieses Loch hinein. Es war wie ein Fall ins Bodenlose. Ein Fall in die Unterwelt, mitten in die Hölle hinein. Der Teufel jedoch war woanders. Der sah diese Vernichtung und lachte in sich hinein. Doch auch er war nur ein Mensch! Er hatte es jedoch vergessen. Und Brian fiel und fiel – er betete und bat den lieben Herrgott, dass er ihm die Schmerzen ersparen möge. Er wollte nicht sterben, aber er glaubte, dass er es müsste. Dieser Turm schien ihn in sich zu verschlingen. Er stützte ewig in sich zusammen. Und er nahm alles mit, was in ihm war. Brian sah überall diesen dichten Qualm, diesen glasig harten und doch so feinen Staub. Teilweise brannte er und schien undurchdringlich … dieser Nebel des Todes. Jeder wusste es und jeder rannte vor ihm davon. Niemand wollte sterben. An diesem doch so sonnigen Tag. Brian lag mittlerweile ganz allein in diesem Höllenschlund zwischen all dem Geröll und den eingestürzten Träumen dieser beeindruckenden Metropole. Alles um ihn herum war schwarz und diesig. Überall waberte dicker Nebel und Brian dachte, er wäre schon in der Hölle angekommen. Irgendwie stimmte das ja, denn er sah auch keine Menschen mehr. Waren die anderen alle schon tot? Er wollte es nicht glauben, konnte sich das gar nicht vorstellen. So schnell hatte sich sein Leben verändert. Heute Morgen ahnte er noch gar nichts davon. Und jetzt? Ihm wurde übel. Sein Magen schien sich umzudrehen, dabei hatte er gar nichts gegessen. Nur den Kaffee vor Stunden draußen im Bistro. Wieso also war ihm jetzt übel? Auch schlug sein Herz so schnell, so überaus schnell. War das so, wenn man starb? Aber er wollte doch gar nicht sterben. Er wollte doch leben und er wollte, dass auch seine Stadt wieder lebte. Und nun … irgendwie verließen ihn die Kräfte. Wie leblos sackte er zusammen. Und er rutschte noch tiefer in diese schwarze Hölle hinein. Irgendetwas biss in seinen Augen und er rieb sie sich. Es schmerzte stark. Gab es noch einen Ausweg aus diesem Grab aus Schutt und Asche? Er legte sich auf die Trümmer und starrte in dieses Nichts hinein. Und er fragte sich – wo sind die Menschen nur geblieben? Da sah er etwas weiter vorn einen Abschnitt, der wohl nicht so schwarz erschien, wie alles andere. War das die lang ersehnte Rettung, die Hoffnung in diesem Übel? Doch was war das … zwischen diesem Grau … war da nicht eben jemand … lebte da noch einer? Brian nahm alle Kräfte zusammen und rief so laut er konnte: „Hallo! Wer ist da?". Diese unbekannte Person drehte sich kurz um und schien ihm mit den Händen ein Zeichen zu geben. Sollte er diesem Fremden folgen? Er versuchte aufzustehen, auch das schmerze unglaublich.

Der Fremde winkte ununterbrochen und Brian hielt plötzlich inne.

Wer war das nur? Er konnte diesen Fremden nur schemenhaft erkennen … er hatte irgendetwas auf dem Rücken … es ähnelte einem riesigen Rucksack. Ein Feuerwehrmann? Brian wollte es genau wissen und stand schließlich auf. War da vorn ein Ausgang? Langsam und blind stolperte er auf den Fremden zu. Als er glaubte, nah genug an ihm zu sein, verschwand dieser wieder. Brian schaute sich um – irgendwie konnte er schon wieder etwas erkennen. Aber es war immer noch schemenhaft. Und da war er wieder … dieser Fremde. Er stand nun an der hellsten Stelle, die sich in dieser Todeshölle bot. Ein Lichtblick. Vielleicht der Ausweg? Brian lief ihm bis an die vermeintlich helle Stelle hinterher. Es war ein winziger schmaler Spalt in der zusammengefallenen Megaruine, durch welche ein Lichtstrahl drang. Konnte Brian hindurch schlüpfen? Bildete sich Brian das Ganze nicht etwa nur ein, damit er sich trösten konnte, nicht selbst schon lange am Ende zu sein? War es eine letzte

Halluzination? Er schaute immer wieder nach vorn zu der schmalen Stelle. Schließlich fasste er sich ein Herz und quetschte sich hindurch. Und nun wusste er – er hatte eine Chance – wie diese Stadt! Das Leben ging weiter und der winzige Spalt hatte es ihm gezeigt. Als er draußen stand, atmete er tief durch. Er riss seine Arme nach oben und spürte, dass er sich gut fühlte. War er nun frei? Trotzdem er soeben durch die Hölle gegangen war, ging es ihm gut. Und wo war eigentlich der Fremde? Als er sich umschaute, bemerkte er, dass er nicht allein war. Zwischen alle den Trümmern, dem Lärm der Polizeisirenen, dem Dampf des Feuers entstieg ein Wesen mit zwei Flügeln und flog gen Himmel davon. Und es schaute noch einmal zu ihm. Und es lächelte, dies fremde Wesen. Ja, das war der Fremde … ein Engel … eine neue Hoffnung! Und Brian wusste – das Böse hat schon jetzt verloren – das Leben hat gesiegt!

18. Taxi

Täglich sind viele Menschen auf Taxis angewiesen. Sie lassen sich schnell und unkompliziert von einem Ort zum anderen bringen. Auch Steffen Hanson ließ sich oft mit einem Taxi chauffieren. Er arbeitete an einem Institut, welches sich am Rande einer großen Stadt befand. Da er gut verdiente, konnte er sich die täglichen Taxifahrten auch leisten. Ron, der Taxifahrer, kannte Steffen schon und auf dem Weg zum Institut hatten sie immer die interessantesten Themen. Unterwegs nahmen sie noch zwei Mitarbeiter aus Steffens Institut mit. So war das Taxi voll und die Stimmung immer gut. Eines Morgens wartete Steffen vergeblich auf das Taxi. Er konnte sich das gar nicht erklären, denn Ron hatte noch am vergangenen Tage gemeint, dass er sich auf den morgigen Tag freute, weil er da Geburtstag hatte. Steffen rief in der Taxizentrale an, doch dort konnte man ihm auch nicht weiterhelfen. Man teilte ihm mit, dass das betreffende Taxi unterwegs sei. Steffen wartete eine geschlagene Stunde, dann lief er zur Stadtbahn. Als er an der Haltestelle stand, entdeckte er an der Straße das Taxi mit Ron am Steuer. Er rief laut nach ihm und winkte ihm zu, doch Ron schien ihn nicht zu bemerken. Schließlich fuhr das Taxi los und Ron schaute nur kurz in Steffens Richtung. Er hatte einen seltsam starren Blick- vielmehr konnte Steffen nicht erkennen. Lange war er unterwegs, bis er endlich im Institut eintraf. Dort wunderte man sich, dass er diesmal nicht die anderen beiden Kollegen dabei hatte. Da sie den ganzen Tag über nicht erschienen, versuchte Steffen, sie telefonisch zu erreichen. Aber auch das schlug fehl. Sie schienen wie vom Erdboden verschluckt. Steffen wollte der Sache auf den Grund gehen und fuhr nach dem Dienst bei Ron vorbei. Vielleicht war der ja zu Hause und wusste, was geschehen war. Doch als Steffen bei ihm klingelte, öffnete ihm niemand. Auch hinter der Tür schien alles ruhig zu sein. Vermutlich war Ron noch nicht von seinen Fahrten zurückgekehrt. Aber hätte er nicht wenigstens Bescheid geben können? Am nächsten Morgen wieder das gleiche Spiel. Ron kam nicht und auch die anderen Mitarbeiter aus Steffens Institut blieben der Arbeit fern. Steffen wusste nicht mehr, was er davon halten sollte. Er wollte die Polizei informieren, aber vielleicht kamen die Vermissten ja doch noch irgendwann und würden sauer reagieren, wenn sich Steffen in ihre Angelegenheiten einmischte. Und da keiner der Kollegen verheiratet war, konnte er nicht einmal deren Ehefrauen fragen. Steffens Chef jedoch wollte die Angelegenheit nicht auf sich beruhen lassen. Er meinte, dass bei weiteren Fehltagen die Kündigung fällig sei.

Auch Steffens gute Worte halfen da nicht mehr viel – der Chef blieb eisern bei seiner Meinung. Am Abend ging Steffen zum Taxistand. Da Ron nicht kam, musste er sich wohl oder übel ein anderes Taxi nehmen. Plötzlich sah er an der gegenüberliegenden Straßenseite ein Taxi, welches ihm sehr bekannt vorkam. Und tatsächlich, am Steuer saß Ron und im Inneren des Taxis saßen die beiden vermissten Kollegen. Und diesmal schauten alle drei zu Steffen auf der anderen Straßenseite. Der winkte ihnen zu, doch die Taxiinsassen starrten schweigend zu Steffen und verzogen keine Miene. Als sich Steffen dem Taxi näherte, brauste es mit quietschenden Reifen davon. Steffen verstand die Welt nicht mehr. Was sollte dieses merkwürdige Verhalten? Warum wollten ihn seine eigenen Kollegen und vor allem der sonst so lustige Taxifahrer Ron nicht mehr kennen? Was war mit ihnen nur geschehen? Nachdenklich setzte er sich in ein wartendes Taxi und ließ sich in die Richtung fahren, in welche er Rons Taxi davon brausen sah. Die Fahrt ging immer geradeaus, bis in ein großes Waldstück hinein. Dort verlor sich die Spur, doch Steffen spürte, dass er den Vermissten dicht auf den Fersen war. Er stieg aus und sagte dem Fahrer, er möge eine halbe Stunde warten. Wenn er dann nicht käme, sollte er abfahren oder die Polizei informieren. Dann lief er los … immer geradeaus durch den Wald. Unterdessen hatte es zu regnen begonnen und der Waldweg war seicht und matschig. Sturm kam auf - Steffen musste sich mit aller Kraft gegen die heftigen Böen stemmen. Seine Schuhe waren total durchweicht und das kalte Regenwasser lief ihm den Rücken hinunter. Da knirschte und knackte es laut und ein dicker Baum, der am Wegesrand stand, stürzte um.

Er fiel in Steffens Richtung, der in der Dunkelheit nichts mehr erkennen konnte. Mit unsäglicher Wucht traf er ihn und zerrte ihn hinunter in den Morast. Steffen spürte nur noch heftige Schmerzen, dann schwanden ihm die Sinne. Als er wieder zu sich kam, wusste er nicht, was geschehen war. Vorsichtig befreite er sich aus seiner misslichen Lage unter dem Astwerk des Baumes. Doch was war das … alles um ihn herum erschien ihm irgendwie anders. Auch er selbst schien verändert. Weder lief ihm der Regen den Rücken herunter noch hatte er Schwierigkeiten, durch den klebrigen rutschigen Schlamm zu waten. Es lief sich plötzlich so leicht, beinahe so, als schwebte er über den dunklen nassen Weg. Er fühlte sich so seltsam unbeschwert, wie er sich noch nie zuvor gefühlt hatte. Und es war verrückt, aber er fand das völlig normal. Am Ende des Weges entdeckte er Rons Taxi. Die drei Insassen starrten regungslos zu Steffen, der sich langsam näherte. Und diesmal erschrak er nicht, als er ihre kalkweißen regungslosen Gesichter erblickte. Schweigend öffnete er die hintere Tür und stieg ein. Dann setzte sich das merkwürdige Taxi in Bewegung und fuhr davon. Geräuschlos verschwand es im Dunkel des Waldes und nicht einmal eine Reifenspur im Schlamm zeugte davon, dass sie jemals hier gewesen waren. Der Taxifahrer des Taxis, mit welchem Steffen bis zum Wald gebracht wurde, wartete noch eine halbe Stunde. Dann tat er das, was Steffen ihm aufgetragen hatte … er fuhr zurück in die Stadt. Am nächsten Tag erschienen zwei Kriminalbeamte im Institut und wollten sich mit dem Chef der Einrichtung unterhalten. Der wunderte sich gar nicht, als er den Grund des Gespräches erfuhr. Es ging um die Mitarbeiter, die seit Tagen nicht mehr zur Arbeit erschienen waren. Auch sein bester Mitarbeiter, Steffen Hanson fehlte unentschuldigt seit dem Vortage. Der Chef zog ein saures Gesicht und beschwerte sich bei den Beamten, dass man ihm nicht einmal einen Krankenschein zukommen ließ. Doch die Kriminalbeamten schwiegen zunächst, bevor sie den Chef aufklärten. Einer der Beamten meinte schließlich: „Man hat gestern die Leichen Ihrer drei Mitarbeiter gefunden. Zwei saßen noch in einem Taxi, welches bereits vor einer Woche aus noch ungeklärten Gründen in einen Waldsee stürzte. Die dritte Person, einen Steffen Hanson, fand man tot im Wald. Vermutlich wurde er von einem umstürzenden Baum erschlagen …"

19. Zurück zum Nil

Ich hatte mich verirrt. Und das nicht nur dort draußen in der Steppe, nein, wohl auch in meinem Leben. Vielleicht war das der Grund, warum ich unbedingt hinaus fahren wollte. Aber gleich so weit fort von daheim? Die weite Steppe von Afrika hatte es mir immer schon angetan. Mit einer kleinen Touristengruppe war ich zu dem kleinen Camp am Nil geflogen. Selbstfindung … so lautete die Devise dieser Tour. Wir trennten uns und ich landete unweigerlich in dieser Einöde. Die Hitze stieg mir langsam zu Kopf, doch ich musste weiter. Stehenbleiben hieße auch gleichzeitig … Aufgeben. Und ich war nicht der Mensch zum vorzeitigen Aufgeben. Schritt für Schritt kämpfte ich mich weiter durch den sandigen Boden, meinem Ich entgegen. Der Rucksack auf meinem Rücken zog mich jedoch wie ein Magnet nach unten und irgendwann fand ich einen verdorrten Baum, unter welchem ich eine Rast einlegen konnte. Einige seltsam geformte Blätter hingen noch dran und so spendete er wenigstens ein bisschen Schatten. Von angenehmer Kühle allerdings vermochte ich nur zu träumen. Ich packte eine Decke aus und trank meine Wasserflasche fast leer. Meine Müdigkeit wurde schließlich so groß, dass ich mich hinlegte, um ein bisschen zu schlafen. Vielleicht wollte ich auch träumen, etwas anderes sehen, wer weiß. Aber kurz nachdem ich mich auf der Decke ausgestreckt hatte, fielen mir auch schon die Augen zu. Doch es war ganz merkwürdig ... alles in diesem Traum erschien so echt, so real. Ich glaubte dem Ganzen noch nicht so recht, konnte aber nicht mehr fliehen. Zu fest hielt mich diese sonderbare Szenerie. Ich befand mich inmitten einer wunderschönen Gegend. Die Sonne strahlte von einem malerischen blauen Himmel hernieder und überall standen prächtige Palmen und liefen schöne Menschen umher. Es war komisch, aber ich selbst sah wohl auch sehr gut aus, denn die vorbeilaufenden Mädchen drehten sich nach mir um. In einem Brunnen vor einer monströsen, weiß getünchten Villa sah ich mein

Gesicht. Und wirklich ... ich konnte es kaum glauben ... aber es glich dem eines männlichen Models. Ich war schlank und mit einer knallengen Bluejeans bekleidet, trug außerdem ein weißes Hemd auf meinem sonnengebräunten Oberkörper. Es war bis zum Bauchnabel geöffnet. Und auf meinem rasierten Kopf klemmte eine schwarze modische Sonnenbrille. Ich fand mich rundum interessant und bemerkenswert. Ganz anders als im richtigen Leben. Ein anderer, sehr gut aussehender, etwa gleichaltriger Mann kam auf mich zu. Er schien mich wohl zu kennen, denn er lachte, als er mich sah. Sein weißes Hemd wehte im leichten Sommerwind und seine unfassbare Ausstrahlung ließ mich beinahe neben ihm erblassen. Doch es war seltsam. Ich hatte diesen Typen schon mal irgendwo gesehen. Wer war das nur? Freundschaftlich und weltmännisch legte er seine Hand auf meine Schulter und tuschelte mir ins Ohr, dass er Fritz sei. Als drei blonde junge Mädchen vorbei liefen, riss er schlappe Witze und lachte recht aufdringlich hinter ihnen her. So richtig passte das nicht zu seinem sonst so intakten Auftreten. Dieser Fritz machte einen derart aufgeräumten und sicheren Eindruck, dass ich mich wunderte. Solch ein Typ sprach tatsächlich mit mir und fand mich gar nicht zu trottelig und blöd. Er meinte, dass wir zum Strand hinunter gehen sollten. Und lachend rief er noch, dass dort dutzende hübsche Mädchen seien, und es überhaupt immer etwas dort zu sehen gäbe. Als wir an dem herrlichen, weißen Strand ankamen, zogen wir unsere flachen Sommerschuhe aus und wateten barfuß durch den heißen Sand. Irgendwo setzten wir uns in den Sand und unterhielten uns. Fritz sagte, dass er noch sehr viel vorhatte in seinem Leben. Doch er wollte den Tag genießen und es ruhig angehen lassen. Seltsamerweise schien sein Leben nur aus jungen Mädchen, Drinks und Lachen zu bestehen. Zwischendrin … ja, da müsste man wohl mal was für die Karriere tun. Und plötzlich sprachen wir nur noch von mir. Meine Sorgen, die ich sonst so hatte, schienen gar nicht mehr so im Vordergrund zu stehen. Sie schienen zu verblassen und ich fühlte mich so gut, wie noch nie zuvor in meinem Leben. Dieser Mann hatte eine Art an sich, die ich an noch keinem anderen Menschen je gefunden hatte.

Diese geballte Energie schien auf mich überzuspringen wie der sprichwörtliche Funke einer Flamme im ausgetrockneten Wald. Fritz steckte mich an und ich hatte eine sagenhafte Lust, ihm alles zu erzählen, was mich bewegte. Ich wollte ihm aber auch von meinen großen Träumen erzählen. Und das war es auch, was ihn eigentlich interessierte. Er wollte nichts hören von schlechten Lebensphasen und endlosen Problemen. Lachend sagte er nur, dass dieses ewige Gejammer keinen Menschen weiter brächte und uns alle nur aufhalten würde, etwas Großes zu vollbringen. Er schaute mich groß an und rief: „Nicht plappern … mach es … tu es einfach! Jetzt sofort und nicht morgen oder womöglich noch übermorgen … mach es einfach! Was zählt, ist das Heute und nicht das Gestern!". Und so sprach ich eben über meine Männerträume, sie ich unbedingt realisieren wollte und staunte, welche enorme Energie meine Seele freisetzte. Ich wusste gar nicht, dass in mir solch ein Feuer brannte. Warum hatte ich das nur niemals bemerkt? Fritz klopfte mir auf die Schulter und pfiff sich plötzlich ein lustiges Liedchen. Ich konnte es nicht glauben. Aber er sprühte vor Lebensfreude. Das begeisterte mich so sehr, dass ich mich in den Sand legte und ebenfalls mit pfiff. Ein paar junge Leute setzten sich zu uns und einer hatte sogar eine Gitarre dabei. Wir sangen und tanzten im Sande und freuten uns, dass wir lebten. Was für ein wundervoller Sommertag. Was für ein wundervolles Leben! Doch plötzlich wurde Fritz ganz merkwürdig. Er sprach nicht mehr so viel, schaute ständig zum Himmel. Und dann sagte er nur kurz, dass er dringend weg müsste. Wortlos stand er auf und verschwand. Irritiert schaute ich ihm hinterher und verlor ihn schließlich aus den Augen. Und der Gitarrenspieler meinte nur: „Schade, das er gegangen ist. War lustig mit ihm!". Als wir uns schließlich verabschiedeten, versuchte ich, seiner Spur im Sand zu folgen. Doch sie verlor sich unter den anderen Millionen von Spuren im Sande. Ich fand Fritz nicht mehr … und plötzlich erwachte ich. Es war dunkel um mich herum und nur allmählich kam ich zurück in die Wirklichkeit. Noch immer lag ich unter dem verdorrten Baum und schaute nach oben. Durch das lichte Blattwerk konnte ich in den makellosen Sternenhimmel schauen. Sie blitzten und glitzerten wie ein silbernes Schmuckstück. Und eine leuchtende Sternschnuppe zog ihre endlos scheinende Bahn am Firmament. Ich fühlte mich so richtig gut und voller Kraft. Dieser Traum und Fritz hatten mir so viel Lebensfreude zurückgegeben, dass ich plötzlich wusste, alles in meinem Leben schaffen zu können. Dabei gab es noch immer all die Probleme, die vorhin auch schon da waren. Doch Fritz hatte nie darüber gesprochen, er hatte gelacht und sie weggewischt, als würden sie ihn gar nicht interessieren. Wie hatte er das nur gemacht? War das Leben wirklich so einfach? Gab es wirklich nur dieses Leben und sonst nichts? Ich stand auf und packte meinen Rucksack zusammen. Und auf einmal wusste ich, wie der Weg zurück zum Nil war. Ja, es war tatsächlich ganz einfach! Einfach loslaufen, so lautete die Devise! Als ob er stets vor mir lag, lief ich zielsicher immer gerade aus. Und es dauerte gar nicht so ewig lange, da hatte ich den mächtigen Fluss erreicht. Selbst die Laternen des Camps sah ich schon in der Ferne leuchten. Irgendwann stand ich vor diesem majestätischen Nil und wusch mir das Gesicht. Da sah ich im magischen Mondlicht mein Gesicht auf der Wasseroberfläche schillern. Und plötzlich wusste ich, woher ich Fritz kannte. Es waren diese ausdrucksstarken Augen, die ich erkannt hatte … Hawks Augen! Und ich wusste, dass dieser Fritz immer bei mir war, denn Fritz war jemand, den ich besser kannte, als meinen besten Freund … und es war gar nichts Besonderes, denn dieser Fritz war einfach nur ICH SELBST!

20. Späte Rache

Opa Kurt lag im Sterben. Schon seit Tagen ging es ihm sehr schlecht, doch nun spürte er, wie ihn endgültig die Kräfte verließen. Und das lag nicht allein an seinem Alter. Zwar hatte er die „Neunzig" bereits überschritten, aber seine Tochter Elli, die erst vor wenigen Monaten bei ihm eingezogen war, bereitete ihm die Hölle auf Erden. Sie lebte allein, hatte keine Kinder, und nachdem auch noch ihre Mutter, Kurts Frau Marga starb, witterte sie eine große Erbschaft bei ihrem Vater. Opa Kurt hatte sein Leben lang hart gearbeitet und nicht wenig auf seinem Konto angespart. Ihm gehörte einst eine große Eisengießerei. Doch als der Betrieb wegen Auftragsmangels Konkurs anmelden musste, zog er sich traurig auf sein Altenteil zurück. Eigentlich wollte er alles seiner Frau Marga vererben. Sie starb jedoch an einer schlimmen Krankheit und so blieb schließlich nur noch Elli zurück. Elli allerdings sollte das Vermögen unter keinen Umständen bekommen. Er wusste, wie geldgierig und böse sie sein konnte. Schon seine Frau Marga hatte das zu spüren bekommen und nicht umsonst war Ellis damaliger Ehemann bei Nacht und Nebel davon gerannt. Aber nun ging es Opa Kurt immer schlechter und er konnte es nicht verwinden, dass ausgerechnet Elli ihn pflegte. Als er kaum noch atmen konnte, stand Elli plötzlich an seinem Sterbebett. Sie hielt einen Zettel und einen Stift in ihren Händen. Opa Kurt ahnte bereits, was sie vorhatte. Es ging ganz sicher um das Testament, welches er vor längerer Zeit schon geschrieben hatte. Das Dokument lag in seiner Geldkassette im Safe hinter Margas Bild. Elli jedoch hatte bereits die ganze Wohnung durchwühlt, nur um an den Schlüssel heranzukommen. Natürlich fand sie ihn. Und nun schien sie das Dokument gefälscht zu haben. Jedenfalls brauchte sie nur noch seine Unterschrift. Opa Kurt wehrte sich mit Händen und Füßen. Doch er war einfach zu schwach, um sich gegen seine hintertriebene Tochter durchzusetzen. Eiskalt schob sie ihm den Federhalter in die Hand und führte seine zittrige Hand bei seiner unfreiwilligen Unterschrift. Dann grinste sie hämisch und verschwand. Es dauerte nicht mehr lange, da starb Kurt. Vielleicht war es der Gram und der Zorn über Ellis Skrupellosigkeit, dass er nicht mehr länger leben wollte. Vielleicht wollte er auch nur zu seiner Frau Marga. Jedenfalls musste Elli als einzige Erbin auch die Trauerformalitäten erledigen. Die jedoch schien das wenig zu interessieren. Sie nahm die preiswerteste Alternative und ließ Opa Kurt einäschern. Selbst die Urne war ein Billigmodell und am Tage der Beisetzung wollte sie nicht einmal Kurts ehemalige Kollegen dabeihaben. Sie fand, dass dies billiger sei. Denn die Kosten für einen eventuellen Leichenschmaus wollte sie sich auf jeden Fall sparen. Es regnete über dem kleinen Friedhof, als der Pfarrer mit der Urne am Grab stand. Als Elli kam und sagte, dass keiner mehr kommen würde, begann die bescheidene Zeremonie. Der Pfarrer sprach einige Worte und schaute Elli vorwurfsvoll an. Er fand es beschämend, wie kalt sie mit dem

Vermächtnis ihres Vaters umging. Immerhin hatte sie ihm sehr viel zu verdanken. Nie musste sie auf irgendetwas verzichten und sogar das Studium hatte er ihr bezahlt. Andererseits war Opa Kurt nun die Strapazen und den Ärger mit Elli für immer los. Und er konnte heimkehren zu seiner geliebten Marga. Der Pfarrer sprach über all diese Dinge und als er schließlich endete, breitete sich eine seltsame Stille über dem Friedhofsgelände aus. Unterdessen wurde das Wetter immer schlechter. Die Besucher des Friedhofes hatten das Gelände längst verlassen und es schien, als seien nur noch Elli und der Pfarrer dort. Langsam ließ der Pfarrer die Urne in das kleine Erdloch hinab gleiten. Währenddessen trat Elli ungeduldig und ärgerlich von einem Fuß auf den anderen. Sie fand das Ganze viel zu lang und vollkommen überflüssig. Außerdem war sie schon völlig durchnässt und fror, denn es war auch ziemlich kalt geworden. Als sie so nervös auf dem Boden herum trat, bemerkte sie gar nicht, wie die Erde unter ihren Füßen immer weicher wurde. War es der Regen, der die

Wiese vor Opa Kurts Grabstelle aufgeweicht hatte? Immer öfter zuckten nun auch noch grelle Blitze vom düsteren Himmel herab. Der Pfarrer hielt dennoch eine Gedenkminute ab und verabschiedete sich schließlich von Elli.

Die rollte nur mit den Augen und wollte so schnell wie möglich den Friedhof verlassen. Sie wollte noch zum Notar, wo sie das gefälschte Testament deponiert hatte. In Gedanken sah sie sich schon die erschlichenen Geldscheine zählen. Da gab der Boden unter ihr nach und urplötzlich sackte die gesamte Erde weg. Elli wollte sich noch an einem Baumstamm festhalten. Doch es gelang ihr nicht – ihre Hände verfehlten den Stamm um wenige Zentimeter. Mitsamt der Erde unter ihren Füßen rutschte sie in den dunklen gähnenden Schlund. Ihre lauten Schreie wurden von keinem mehr gehört, denn der Pfarrer war längst ins seine kleine Kapelle vor dem Friedhof geflüchtet. Außerdem donnerte es derart laut, dass er es ohnehin nicht gehört hätte. Als Elli im Loch verschwunden war, verzogen sich auch die dunklen Wolken. Das Gewitter ließ nach und schon nach zehn Minuten war es so schön, wie vor der Beisetzung. Am Nachmittag kamen die Friedhofsgärtner, um die neue Grabstelle zu schließen und zu bepflanzen. Da entdeckten sie das Loch. Es war sehr tief und als sie mit einer Leiter nach unten stiegen, fanden sie die hineingestürzte Elli. Der sofort herbeigeholte Notarzt konnte jedoch nur noch ihren Tod feststellen. Es stellte sich heraus, dass sich an der Stelle, wo Elli während der Beisetzung stand, früher einmal eine Gruft befand. Irgendwann wurde sie verschlossen und Gras darüber ausgesät. Warum die Stelle ausgerechnet am Tage der Beisetzung von Opa Kurt einstürzte, konnte nicht herausgefunden werden. Denn die alte Gruft wurde einst mit dicken stabilen Eisenstangen abgedeckt. Allerdings stellte man auch fest, dass es sich um Eisenstangen aus dem Werk handelte, welches einst Opa Kurt gehörte …

21. Die seltsame Wohnung

Es war meine Traumstadt, in welcher ich fortan leben wollte. Und es war meine Traumwohnung, in die ich vor einer Woche eingezogen war. Ja, hier gefiel es mir wirklich gut. Ich hatte nun alles, was ich immer wollte – einen gutbezahlten Job in einer großen Zeitungsredaktion und meine schöne Wohnung in dieser riesigen bunten Stadt. So hätte es wirklich weitergehen können, wenn nicht plötzlich seltsame Dinge in meiner Wohnung geschehen wären. Es fing an, als ich eines Nachts von meiner Arbeit nach Hause kam. Müde und total erschöpft lief ich die drei Treppen nach oben und wollte die Wohnungstür aufschließen. Doch irgendetwas verhinderte, dass sich das Schloss bewegte. Zwar ließ er sich leicht ins Schloss hineinstecken, doch das Schloss bewegte sich nicht. Erst nachdem ich mehrmals an der Tür rüttelte, knackte es laut und es ließ sich öffnen. Als ich mir eine Suppe zubereiten wollte, streikte dann auch noch der Herd. Funken stoben aus dem Sicherungskasten und ich musste mich mit einer Käseschnitte begnügen. Ich verstand das nicht – hatte ich mir am Ende doch eine alte Bude andrehen lassen, in welcher alles kaputt war? Doch bei der Übergabe der Wohnung an mich funktionierte alles wunderbar. Ich konnte mir das alles nicht erklären und ging ins Bett. Am nächsten Morgen stand ich schon recht zeitig auf, denn ich musste an diesem Tage etwas früher zur Arbeit als sonst. Wie immer wollte ich mir einen Kaffee zubereiten. Leider funktionierte die Kaffeemaschine nicht mehr richtig. Obwohl ich die richtige Menge Wasser eingefüllt hatte, lief die Kanne über und das heiße Wasser ergoss sich über die Küchenmöbel. Ich hatte keine Zeit, um mir einen neuen Kaffee aufzubrühen und nahm meine Tasche, um zur Arbeit zu fahren. Doch irgendetwas klemmte an der Tür. Sie ließ sich nicht öffnen. Und als ob in der Tür ein böser Geist zu leben schien, konnte ich diesmal nicht einmal den Schlüssel ins Schloss stecken. Ich war gefangen in meiner Wohnung. Natürlich musste ich mich bei meiner Redaktion entschuldigen, dass ich zu spät komme. Aber auch das Telefon funktionierte nicht mehr. Es war beinahe so, als ob nach und nach alle in der Wohnung befindlichen Dinge ihren Geist aufgäben. So etwas Verrücktes hatte noch nie erlebt. Da saß ich nun zwischen den noch nicht ausgepackten Umzugskisten und dem streikenden Türschloss und wusste mir einfach nicht mehr zu helfen. Als es an der Tür klopfte, weil die Klingel nicht ging, konnte ich sie nicht einmal öffnen. Ich rief durch die verschlossene Tür, dass ich diese nicht öffnen könnte, doch der Fremde vor der Tür schien mir nicht zu glauben und klopfte immer wieder gegen die Tür. Mit reichlich Tritten gegen die Tür, versuchte ich, diese dennoch zu öffnen. Es gelang mir nicht. Der Fremde, der draußen stand, wollte mich jedoch unbedingt sprechen. Noch einmal rief ich laut, dass die Tür nicht funktionierte, und ich wunderte mich, warum er so beharrlich vor der Tür stehenblieb. Ich musste nun handeln, denn um meinen gerade erst begonnen Job nicht schon wieder zu verlieren, musste ich nun endlich los. In der Tür befanden sich zwei Glasscheiben. Es half nichts, aber ich musste sie unbedingt zertrümmern, um vielleicht von außen den Schlüssel ins Schloss zu schieben. Vielleicht konnte ich auf diese Weise diese verrückte Tür öffnen. Doch es war seltsam, so sehr ich auch gegen die Scheiben schlug, es entstand nicht einmal ein Sprung in dem störrischen Glas. Es hatte den Anschein, das es sich um Panzerglas handelte, doch warum wackelten die Scheiben dann in ihrem morschen Rahmen? Das Ganze machte einfach keinen Sinn und ich gab entnervt auf. Der Fremde stand noch immer vor der Tür und ich schaute durchs Schlüsselloch, um zu sehen, um wen es sich handelte. Als ich ihn durch die schmale Schlüssellochöffnung sehen konnte, erschrak ich fürchterlich. Der Fremde vor der Tür war mit schwarzen Ledersachen bekleidet und hatte eine Strumpfmaske über den Kopf gezogen. Außerdem blinkte ein silbrig schimmernder Revolver in seiner Hand. Ich musste gar nicht lange warten - der Fremde begann plötzlich mit dem Revolver herumzufuchteln und schoss schließlich auf das Schloss. Entgegen meinen bisherigen vergeblichen Versuchen, das Schloss bewegen zu können, war ich nun froh, dass das Schloss so beharrlich klemmte. Allerdings konnte ich mir nicht vorstellen, dass es auch den Schüssen des Fremden standhalten könnte. Aber so war es. Denn das Schloss ließ sich auch von dieser heftigen Attacke nicht zum Öffnen bewegen. Mehrmals schoss der Fremde auf das Schloss und brüllte vor der Tür herum, ich sollte endlich öffnen, aber es blieb ohne Erfolg. Durch die Knallerei wurde der Hausmeister im Erdgeschoss aufmerksam auf das Geschehen. Er rief sofort die Polizei und als die kam, wollte der Fremde gerade fliehen. Es half ihm nichts und er wurde festgenommen. Und nun passierte das, womit ich wirklich nicht mehr gerechnet hatte. Das Schloss knackte laut und öffnete sich von selbst. Mehrmals testete ich es, doch es war, als ob es niemals geklemmt hätte. Und als ich noch einmal heftig gegen die Scheibe schlug, fiel sie klirrend auseinander. Ich wusste gar nicht, was ich dazu sagen sollte. Der Hausmeister, der mir dankte, dass ich den Täter unfreiwillig festgehalten hatte, ließ umgehend die Scheibe ersetzen.

Ich musste nichts bezahlen, denn er erzählte mir etwas derart Merkwürdiges, dass mir einen eiskalten Schauer über den Rücken jagte. Die Vormieterin der Wohnung, eine leidenschaftliche Puppensammlerin namens Amanda Miller, wurde vor einem Jahr in dieser Wohnung von einem maskierten Mann erschossen und beraubt. Zwar wurde der Hausmeister damals ebenfalls durch die lauten Schüsse aufmerksam, trotzdem gelang es dem Täter zu entkommen und er wurde nie gefasst. Ich hatte davon nichts gewusst und war erleichtert, dass mich nicht das gleiche Schicksal ereilte. Aber es war schon wie verhext, dass ich an diesem Morgen wegen des Schlosses und der defekten Geräte die Wohnung nicht verlassen konnte. Vermutlich wäre ich dem Mörder direkt in die Arme gelaufen. Mir fiel ein zentnerschwerer Stein vom Herzen. Es stellte sich heraus, dass es sich bei dem bewaffneten Mann vor meiner

Wohnung um den Mörder von Amanda Miller handelte. Nur gut, dass er endlich gefasst werden konnte. Als ich wieder in meine Wohnung zurückkam, fiel mir etwas Seltsames auf. Auf dem Dielenschrank entdeckte ich etwas, das ich bis zu diesem Zeitpunkt noch nie in der Wohnung bemerkt hatte und was mir auch nicht gehörte. Es war eine alte Puppe, die immerzu die merkwürdigen Worte sprach: „Hallo, ich bin Amanda … Hallo, ich bin Amanda …"

22. Der Grabräuber

Luise ging jeden Tag zum Grab ihrer geliebten Großmutter. Sie pflegte das Grab und brachte sogar jede Woche frische Blumen mit. Denn das Grab war das einzige, was ihr von ihrer Familie geblieben war. Ihre Eltern wollten sie nicht und steckten sie kurzerhand in ein Heim. Nur ihre geliebte Großmutter nahm sich ihrer an und sorgte sich rührend um sie. Und immerhin war aus Luise etwas geworden. Sie arbeitete als Chefsekretärin in einer großen Metallbaufirma. Als die Großmutter starb, brach für Luise eine Welt zusammen. Und sie beschloss, ihr einen wunderschönen Stein anfertigen zu lassen und stets für die Grabstelle zu sorgen. Schließlich ließ sie einen wunderschönen steinernen Egel anfertigen, der in seinen Händen eine kupferne Vase hielt. Dort stelle Luise ihre Blumen hinein und sprach dann mit Ihrer Großmutter. Sie erzählte ihr alles, was so passierte und freute sich, ihr in diesen innigen Momenten ganz nahe zu sein. An einem Sonntagnachmittag kam sie mal wieder mit einem riesigen, wunderschönen Blumenstrauß auf den Friedhof. Schon auf dem Weg zur Grabstelle ihrer Großmutter kam ihr ein Friedhofsangestellter entgegen und zog ein trauriges Gesicht. Als Luise ihn fragte, was geschehen sei, antwortete dieser, dass irgendjemand die Blumen mitsamt Kupfervase vom Grab gestohlen habe. Luise konnte nicht fassen, was sie da hörte. Ohne noch länger mit dem Angestellten zu sprechen, rannte sie so schnell sie konnte zum Grab. Dort sah sie die furchtbare Bescherung … der Grabräuber hatte nicht nur die Blumen samt Vase mitgehen lassen. Er hatte auch noch den Stein umgestoßen, vermutlich, um die Kupferplatte, auf welcher eine Inschrift eingestanzt war, zu stehlen. Allerdings gelang es ihm nicht, die Kupferplatte abzumontieren. Es war jedoch damit zu rechnen, dass er noch einmal zuschlagen würde. Sicher würde er dann versuchen, die Kupferplatte irgendwie abzumontieren, nur, um das Edelmetall in bare Münze zu verwandeln. Luise wusste nicht, was sie tun sollte und polierte die Flügel des kleinen steinernen Engels, der glücklicherweise noch auf der Grabstelle stand. Und es schien ihr, als ob ihr der kleine Engel zunickte. Dem Friedhofsmitarbeiter trug sie auf, den Grabstein wieder gerade zu rücken und die Blumen vorerst in eine neutrale Vase zu stellen. Sie würde sich um eine neue Kupfervase bemühen. Denn ihre Großmutter sollte unbedingt etwas Schönes auf ihrem Grab haben. Das war sie ihr schuldig. Der Friedhofsmitarbeiter versprach, alles so zu tun, wie sie es wollte und wünschte ihr noch einen guten Tag. Dann ging Luise nachdenklich nach Hause und war traurig, dass sie das Grab ihrer geliebten Großmutter so wenig schützen konnte. Über die folgenden Tage war es kalt geworden und der Herbst zog übers Land. Heftige Stürme und dichte Nebel zogen über den Friedhof und nur noch wenige Besucher kamen auf das Gelände, um die Gräber mit Blumen zu verschönern. Es war in einer regnerischen Nacht, als ein heftiges Gewitter über den Friedhof zog. Luise hatte wieder eine neue Kupfervase auf die Grabstelle gestellt und wie schon einmal den kleinen steinernen Engel liebevoll geputzt. Strahlend stand er neben dem Stein und schaute lächelnd in die Dunkelheit der Nacht, die nur ab und zu von grellen Blitzen kurzzeitig aufgerissen wurde. Plötzlich näherte sich eine schwarz gekleidete Person dem Grab. Immer wieder schaute sich die fremde Person nach allen Seiten um und schien sich absichern zu wollen, dass man sie auch ja nicht beobachtete. Vor dem Grab blieb sie stehen und wartete einen Moment. Schließlich holte sie einiges Werkzeug aus einem mitgebrachten Plastikbeutel und begann, die Kupfertafel und die Vase abzumontieren. Diesmal schien der Räuber an alles gedacht zu haben. Er hatte dutzende Werkzeuge in seinem Beutel und war sich sicher, die kupfernen Gegenstände abmontieren zu können. Die Schrauben lösten sich bereits und der Räuber frohlockte schon, denn bald schon würde ihm der vermeintliche Kupferschatz gehören. Unterdessen wurde das Gewitter immer heftiger. Damit schien der Räuber nicht gerechnet zu haben. Unsicher schaute er immer wieder zum Himmel hinauf. Sollte er sein Werk wirklich fortführen? Er war jedoch zu besessen davon, so viel Buntmetall wie möglich zusammen zu stehlen und führte sein verbrecherisches Handwerk weiter aus. Plötzlich begannen die Augen des kleinen Engels hell zu leuchten.

Zunächst glaubte der Dieb, irgendjemand habe sich einen Scherz erlaubt. Er griff nach dem Engel und wollte ihn einfach in seinen Plastikbeutel legen. Da traten heftige Blitze aus den Augen des Engels heraus und trafen auf die Hände des Räubers. Schmerzerfüllt schrie der laut und zog seine Hände zurück. Die Augen des Engels leuchteten immer heller und eine tiefe Stimme sprach: „Wer dieses Grab bestehlen will, der wird bald schweigen, ewig still!". Die Stimme hallte wie der Donner, der dumpf über den Himmel grollte. Dem Räuber wurde es himmelangst und er ließ ab von seinem Tun. Dennoch wartete er einige Minuten ab, bevor er es tatsächlich noch einmal versuchte. Aber diesmal schlug ein heftiger

Blitz, der aus der Engelsfigur zuckte, geradewegs in das Herz des Räubers. Der fiel bewusstlos um und blieb regungslos auf der Wiese vor dem Grab liegen. Am nächsten Morgen wurde der Räuber gefunden und sofort ein Notarzt geholt. Der jedoch konnte nichts mehr für den Räuber tun. Er war bereits vor etlichen Stunden an dem heftigen elektrischen Schlag gestorben. Man konnte sich nicht erklären, woher der elektrische Strom gekommen war. Denn weder gab es an den Grabstellen eine elektrische Leitung noch wurde der Räuber von einem Blitz, während des Gewitters erschlagen. Als Luise kam, um nach der Grabstelle zu sehen, bemerkte sie zunächst nichts Außergewöhnliches. Denn der Grabstein war dort, wo er hingehörte, der kleine Engel stand ebenfalls lächelnd vor dem Stein und die Kupfervase klemmte noch immer, vom Engel gehalten, daneben. Luise wollte der ebenfalls auf dem Friedhof anwesenden Polizei mitteilen, dass alles in Ordnung sei, da fiel ihr Blick auf die Kupferplatte mit der Inschrift. Eigentlich hätten dort lediglich der Name und die

Geburts- und Sterbedaten ihrer Großmutter stehen müssen. Doch unter diesen Daten entdeckte sie noch etwas ein merkwürdiges Gedicht, welches dort nie gestanden hatte. In schwarzer Schrift war da zu lesen: „Wer dieses Grab bestehlen will, der wird bald schweigen, ewig still!"

23. In Ewigkeit

Anja liebte die Musik über alles. Deswegen hatte sie sich eine beträchtliche Sammlung von Schallplatten und CDs zugelegt. Und ihre Sammlung umfasste nahezu tausende Tonträger. Das Dumme allerdings war nur, dass sie einen Sänger aus den Achtziger Jahren besonders liebte. Tom, so sein Name, hatte dazumal die schönsten Liebes-Rockballaden herausgebracht.
Doch … Tom war lange schon tot. Und dennoch liebte sie ihn so sehr. Sie hatte sich in seine Augen verliebt. Und da in einschlägigen Musikforen im Internet noch dutzende Videos dieses Künstlers liefen, schaute sie sich zu jeder Tages- und Nachtzeit diese kleinen Filmchen an. Sie war regelrecht hingerissen, wenn sie nur sein langes schwarzes Haar sah. Sie schwärmte von ihm und all seiner faszinierenden Musik. Und wenn er dann zu singen begann, wurde ihr schwach und heiß ums Herze. Aber sie konnte es nicht ändern und die Zeit auch nicht zurück-

drehen – Tom war tot und kam auch niemals wieder. Allerdings wurde ihre Liebe in dieses makellose männliche Antlitz so stark, dass sie über ihrem Bett ein riesiges Poster angebracht hatte. Nirgendwo wollte sie mehr auf Tom und seine verträumten Augen verzichten. Sie hatte seine Bilder überall, sogar in ihrer Geldbörse. Eines Nachts hatte sie einen seltsamen Traum – sie sah Tom, wie er sang und langsam aus dem Computerbildschirm auf sie zu schwebte. Schließlich stand er als dreidimensionales Hologramm vor ihr und sang eine wunderschöne Rockballade. Sie konnte ihn vor Tränen beinahe gar nicht mehr sehen. Doch seine großen, traurigen Augen stachen unter seinen langen schwarzen Haaren hervor, sodass sie einen heftigen Stich in ihrem Herzen verspürte. Ja, dieser Mann war ihr Traummann! Sie wusste es genau! Tom und sonst keiner! Tom … und dann die Unendlichkeit! Das war ihr einziger und sehnlichster Wunsch, als sie ihn vor sich singen sah. Dieser Traum war anders als alle vorangegangenen Träume … er war greifbar und real! Tom war mit einem langen schwarzen Mantel bekleidet und sein Gesicht war kühl und nüchtern. Es zeigte keinerlei Regung, doch Anja störte das nicht. Ganz im Gegenteil … sie liebte diese coole Art. Mit solch einem fantastischen Mann und einer Woge, die nur aus Musik und Träumen bestand, wollte sie für immer in den Himmel fliegen. Ganz an den Rand aller Zeiten, an den Rand der Gefühle und an den Rand des Seins. Denn mit Tom war es nicht einfach nur ein Leben … nein, es war eine innigliche tiefe Sehnsucht, welche in eine endlose unbegreifliche Liebe mündete. Sie spürte es ganz deutlich-jetzt, in jenem unfassbaren, so realen Traum. Tom schaute sie an und sie schmolz dahin wie ein Gletscher in der Sommerzeit. Für diesen Mann würde sie sogar sterben. Kaum hatte sie das gedacht, wurde ihr ganz warm ums Herze. Ihr Hirn schlug Purzelbäume und schien explodieren zu wollen. Die Stiche nahmen zu und sie sah, wie sie sich aus ihrem Bett erhob. Doch halt … es war nicht sie, die da über dem Bette schwebte … es war ihre Seele. Sie war aus dem Menschen dort unten herausgetreten und näherte sich mehr und mehr dem makellosen Sänger Tom. Der schaute sie unentwegt an und Tränen liefen ihm übers Gesicht. Dann war sie bei ihm. Und sie umarmte ihn leidenschaftlich. Und sie küssten sich voller Hingabe und erlösendem Glück. Niemals wieder wollte sie ihn loslassen. Niemals mehr wollte sie von ihm gehen. Und sie wusste, dass sie das nie mehr brauchte. Denn ihre Seelen hatten sich in diesem märchenhaften Augenblick vereint. Für immer vereint. Das war kein Traum mehr- das war eine neue Dimension, die Anja nun betreten hatte. Noch niemals zuvor hatte sie so unendlich viel Glück empfunden wie in diesem Moment. Und dieser Moment wurde zur unfassbaren Ewigkeit. Er schmolz dahin und zerfloss wie dieser sagenhafte Traum in jener Melodie der Liebe. Und als der Morgen über Anjas Haus erwachte, da war ihr Leib gestorben. Sie war fortgegangen mit ihm, dem schwarzhaarigen Sänger Tom aus ihrem Traum und aus einer anderen unbegreiflichen und schönen Zeit. Die beiden waren dorthin ge-

gangen, wo es keine Zeit mehr gab. Im Nirgendwo und Irgendwo … im Niemandsland der Unendlichkeit. Vielleicht? Und einer Serenade gleich erhoben sich die Töne dieser Welt und sangen das Lied von Anja und von Tom. Dies endete wohl nimmermehr.
Als Anjas Arbeitskollege zu ihr kam und sie nicht öffnete, holte der die Polizei. Sie fanden Anjas Leiche und waren schockiert. Denn sie war nicht krank und auch nicht plötzlich verstorben. Und sie hatte sich auch nicht selbst getötet, nein. Sie hatte sich zu Tom geträumt, und ganz wie von selbst war ihre Seele in ein anderes Universum geglitten. Was für ein unbegreifliches, niemals wiederkehrendes Wunder. Sie fanden ihren Laptop und hörten plötzlich dieses unglaublich schöne, traurige Lied. Und da sang nicht Tom allein, da sang auch Anja und sie war so unendlich glücklich. Beide hatten so große traurige Augen und schienen doch so makellos. Da wussten alle, die sie sahen, dass sie niemals gestorben war.
Sie war nur woanders hingegangen. Und sie war glücklich- glücklich mit ihrem

Traummann Tom. Und eine ferne Stimme sang ganz leis:

Wie im Himmel, so auf Erden.
So auch jetzt und alle Zeit
Und in Ewigkeit, Amen

24. Das Luftschiff

Es war im Jahre 1981. Jim stand gerade am Scheideweg seines Lebens. Nichts hatte sich entschieden und er wollte noch einmal von ganz vorn beginnen. Und er sehnte sich so sehr nach einem Zeichen von ganz oben. Doch so sehr er es sich auch wünschte, es kam keines. Nicht ein Hinweis auf das, was er tun oder lassen sollte. Nur diese nicht enden wollende Hoffnungslosigkeit. Jeden Tag ging er hinaus, lief über die endlos scheinenden Felder, nur um vielleicht von dem großen Herrn da oben gesehen oder wenigstens bemerkt zu werden. Stundenlang trieb er sich in irgendwelchen Bars und Kneipen herum, ließ sich volllaufen und glaubte, irgendeine Erleuchtung dabei zu haben. Doch es schien wie verhext. Nichts geschah und Jim glaubte mehr und mehr, der Herr im Himmel hätte ihn vergessen. Schlimmer noch – er zweifelte bereits an ihm. Als er eines Abends so mit sich hadernd und leicht beschwipst übers Feld lief, bemerkte er eine merkwürdige Erscheinung am Himmel. Langsam bewegte sie sich vorwärts und wurde dabei größer und größer. Was konnte das nur sein? Lange schaute er nach oben und als es zu regnen begann, blieb nur ein dunkler Schatten unter den Wolken, den Jim gar nicht mehr so ernst nahm. Dennoch blieb er stehen und spürte, wie das kalte Regenwasser an ihm herunter lief. Er hatte keinen Schirm dabei und bis zu seinem Zuhause war es relativ weit. So schaute er immer wieder nach oben und wartete darauf, dass der Regen endlich nachließ. Der dunkle Schatten am Himmel jedoch stand nun direkt über ihm und senkte sich zu ihm hinab. Jim konnte nun sehen, was sich da näherte. Es war ein riesiges Luftschiff, ein Zeppelin. Erstaunt starrte er auf das Flugobjekt und wunderte sich, dass es so etwas noch gab. Als der riesige Leib des Flugkörpers vor ihm schwebte, bemerkte er, wie sich eine kleine Treppe im hinteren Abschnitt des Luftschiffes zur Erde senkte. Doch es stieg keiner aus. Die Treppe blieb und Jim wurde klar, dass er vielleicht einsteigen sollte. Zögernd näherte er sich dem Vehikel und stand schließlich unschlüssig vor der Treppe. Sie führte in den dunklen Schlund des Luftschiffes und Jim trat auf die erste Stufe. Im gleichen Augenblick erhob sich das Luftschiff wieder. Jim bekam es mit der Angst zu tun und wollte abspringen. Doch das ging nicht mehr – zu schnell stieg der Zeppelin nach oben und Jim hielt sich krampfhaft am dünnen Metallgeländer fest. Er starrte nach oben, auf den zigarrenförmigen Leib des Flugkörpers und er spürte, wie seine Beine zitterten. Schwankend zog er sich von einer Stufe zur nächsten. Als er im Rumpf des Luftschiffes verschwand, schloss sich hinter ihm die Öffnung und nur allmählich gewöhnten sich seine Augen an die Dunkelheit. An den Wänden entdeckte er kleine Lampen, die ein nur sehr spärliches Licht verbreiteten. Dennoch konnte er sehen, wo er sich befand. Er stand in einem großen Raum. Überall standen Tische und Stühle. An den Seiten konnte man durch breite Fenster hinaus schauen. Aber wo waren die Passiere, die Menschen? Immer höher stieg das Luftschiff und Jim setzte sich an einen der Tische am Fenster. Er schaute sich um und entdeckte an der Wand eine Zahl ... 1936 ... das musste eine Jahreszahl sein. War das Schiff aus dem Jahre 1936? Dann war es wirklich schon alt, sehr alt. Und plötzlich verfinsterte sich der ganze Raum. Jalousien fuhren vor den Fenstern nach unten und an der Stirnseite des Raumes erschien ein Bild. War dieses seltsame Luftschiff etwa ein Kino? Aber was war das ... da vorn wurde nicht irgendein Film gezeigt ... nein, es waren bekannte Bilder, die dort abliefen ... Bilder aus seinem eigenen Leben. Jim erschrak angesichts dieses unfassbaren Geschehens vor ihm. Aber es war nicht nur sein Leben, welches vor seinen Augen ablief. Nein, es waren seine innersten und geheimsten Träume, die wie aus einer Nebelwolke dort entsprangen. Er konnte es nicht fassen. Bilder, die er nie realisieren konnte, die so tief verborgen lagen, dass er sie niemals erkannte, erschienen und verblassten in diesem undurchdringlichen Nebel. Es war, als würden seine Träume wie auf Inseln, irgendwo dort draußen in dieser unergründlichen Ferne entstehen und zerfließen. Und plötzlich spürte er, wie in ihm seine Kräfte zu neuem Leben erweckten. Er spürte das Pulsieren seines Herzens. Und dort, wo eben noch totale Leere und Stille herrschten, entstand wieder neues Leben.

Und irgendetwas, das er bis dahin verloren glaubte, wuchs in diesem Gefühl empor, die Liebe und die Hoffnung. Diese Bilder dort vorn, seine unzähligen, großen Träume … sie waren plötzlich so nah und so greifbar. Jim konnte es nicht begreifen. Er sah sich und musste weinen. Und es flossen Tränen ohne Zahl. Sein Herz und seine Seele öffneten sich zugleich. Es war kein Halten mehr – er war so stark wie nie vorher. Und endlich erschien auch sein wundervoller Weg vor ihm, der auch so einzigartig und vollkommen anders war, als die Wege aller anderen Menschen. Ja, er war einzigartig! Und nun war auch dies feste kalte Eis gebrochen. Jim war wieder da! Er hatte sich wieder gefunden. In diesem Einerlei seiner ewigen Gedanken war er wieder da. Und nichts konnte ihn mehr aufhalten. Nichts konnte ihn mehr abhalten von allem Tun. Er war … glücklich! Alles materielle, was er bis dahin glaubte, für sein Leben nötig zu haben, war plötzlich so nichtig und unbedeutend, dass er nicht mehr brauchte. Er wollte nur noch hinaus, denn dort draußen wartete es, das Leben! Sein Leben! Er trug das Gold, den unermesslichen Reichtum, diesen sagenhaften Schatz in seiner Seele. Und er hatte es doch nie bemerkt. Wie einfach doch alles war. Er musste nur in seine Seele schauen und wusste, was er zu tun hatte. Warum hatte er das bisher noch niemals gespürt? Wieso? Als sich der Nebel vor seinen Augen so langsam auflöste, wurde es wieder hell im Raum. Jim schaute aus dem Fenster. Doch er sah nichts weiter als eine graue Wolkendecke, die im matten trüben Licht dahinwaberte. Vorsichtig erhob er sich von seinem Stuhl. In diesem merkwürdigen Kino der Träume, wo so viele Wahrheiten zu erleben waren, gab es dennoch keinen einzigen Gast – nur ihn. Wie konnte so etwas nur möglich sein? Als ob seine Verwirrung erhört wurde, erschien plötzlich doch jemand.

Es war ein junger Mann in einer seltsamen Uniform. Er schaute zu Jim und meinte dann: „Ich glaube, dass Sie nun aussteigen müssen. Aber denken sie daran, dass sie weiter gehen müssen. Dann werden Sie das finden, was Sie immer gesucht hatten. Hier, nehmen Sie diese Taschenuhr. Sie soll Ihnen immer zeigen, dass Sie die Zeit nutzen müssen, die Sie bekommen haben. Alles Gute.". Der junge Mann legte die Uhr auf einen der Tische neben der Tür und verschwand. Jim wollte nach dem jungen Mann sehen, um ihn noch etwas zu fragen. Doch als er die Tür öffnete, war da keiner- der kleine Raum hinter der Tür war leer. Weder von der Mannschaft noch von dem jungen Mann gab es eine Spur. Irritiert schaute Jim aus einem der Fenster. Aus den Wolken dort draußen zuckten grelle Blitze. Und es war, als ob in jedem Blitz Gesichter für Bruchteile von Sekunden sichtbar wären. Ein wenig traurig nahm er die messingfarbene Taschenuhr vom Tisch. Dann lief er zu der Stelle, an welcher er dieses sonderbare Luftschiff betreten hatte. Plötzlich öffnete sich das Schott und gab den Blick nach draußen frei. Die Treppe erschien und Jim kletterte hinab. Das Schiff schwebte dicht über der Erde und Jim brauchte nur noch einen Sprung zu tun, dann hatte er wieder sicheren Boden unter den Füßen. Die Treppe verschwand im Rumpf des Schiffes und lautlos, so, wie es gekommen war, schwebte es den Wolken entgegen, bis es schließlich im Dunst verschwand. Jim konnte es nicht glauben. Was hatte er da soeben erlebt? Oder hatte er alles nur geträumt? Doch da spürte er einen kalten Gegenstand in seiner Hosentasche. Es war die Taschenuhr, die er von dem fremden Jungen bekam. Nachdenklich betrachtete er sich das kostbare Schmuckstück und drehte es in seinen Händen hin und her. Als er einen winzigen Knopf am Rande berührte, sprang der Deckel der Uhr auf und gab den Blick auf ein faszinierendes Zifferblatt frei. Auf der Innenseite des wunderschön verzierten Deckels war irgendetwas eingraviert. Jim kannte diese Schrift ... es war Altdeutsch. Fassungslos las er:

*„Für Marius,
1936 Schiffsjunge auf dem
deutschen Luftschiff
Hindenburg"*

25. Schulstunde des Grauens

Jack arbeitete sein halbes Leben lang als Lehrer. Früher hatte er Spaß und Freude an der Arbeit und seine immer neuen und spannenden Ideen fesselten die Schüler und motivierten sie zum Lernen. Doch seit einigen Monaten fühlte sich Jack nicht mehr so gut. Er glaubte, keine Kraft mehr zu haben und sich nicht mehr durchsetzen zu können. Er fühlte sich alt und verbraucht. Und die Schüler seiner Klasse schienen das zu spüren. Sie trieben was sie wollten und hörten im Unterricht nicht mehr zu. Jack war ratlos und dachte bereits darüber nach, seinen Job an den Nagel zu hängen. Da klopfte es eines Tages an die Tür des Klassenzimmers und ein alter Mann trat herein. Die Schüler lachten über ihn und Jack fragte, warum er mitten im Unterricht den Klassenraum betrat und die Stunde störte. Doch der Alte meinte nur, dass er von der Direktorin geschickt worden sei, um in dieser Klasse zu hospitieren. Jack wunderte sich zwar darüber, wollte jedoch nicht bei seiner Direktorin nachfragen, ob es der Wahrheit entsprach, was der Alte da sagte. Denn die Direktorin hatte ihn erst kürzlich ermahnt, den Unterricht etwas interessanter zu gestalten, da die Leistungen der Schüler doch merklich nachgelassen hätten. So ließ er den Alten gewähren und bot ihm einen Platz in der letzten Reihe an. Der Alte schaute sich um und schlürfte mit seinen merkwürdig zerschlissenen Schuhen dann zu einem freien Platz ganz hinten. Jack versuchte, den Unterricht nach dieser unfreiwilligen Störung doch noch zu retten. Aber es wurde immer schlimmer – die Schüler hörten einfach nicht mehr zu. Sie bewarfen sich mit Papierschnitzeln und grölten laut im Zimmer herum. Schließlich konnten sie Jack auch gar nicht mehr hören, weil sie einfach zu laut waren. Jack hätte getrost seine Sachen packen- und nach Hause gehen können, es hätte wohl keiner bemerkt. Der Alte beobachtete das wilde Treiben eine ganze Weile und schüttelte nur mit seinem Kopf. Doch plötzlich erhob er sich und schlürfte ganz langsam nach vorn. Er setzte sich nicht, nein, er starrte einige Sekunden in die vollkommen verrückte Klasse und klatschte dann lautstark in die Hände. Zwar reagierten die Schüler noch immer nicht, doch als der Alte nicht mehr aufhörte mit Klatschen und immer lauter dabei wurde, schien es einige der Schüler zu stören. Irgendjemand war da lauter als sie selbst. Sie schauten nach vorn und wollten dem Alten gehörig die Meinung sagen. Doch so weit kam es nicht. Aus den Händen des Alten schlugen Blitze und urplötzlich zog draußen ein heftiges Gewitter auf. Die Schüler wurden still. Sie wussten nicht, was da geschah. Und einigen sah man die Angst im Gesicht an. Selbst Jack wusste nicht, was er sagen sollte. Was ging hier nur vor. Der Alte hörte auf mit seiner Klatscherei und draußen blitzte und donnerte es wie noch niemals zuvor. Außerdem klatschte ein heftiger Regen gegen die Scheiben. Mit dunkler Stimme sprach der alte Mann: „Ihr werdet es nicht glauben, aber ich bin gekommen, um Euch ein altes Märchen zu erzählen. Es heißt –Das kalte Herz-.". Als er das sagte, blitzten auch seine Augen hell auf und einige der Schüler versteckten sich unter ihren Bänken. Jack lief ebenfalls ein eisiger Schauer über den Rücken und er stand auf, um das Zimmer zu verlassen. Doch als er hinaus wollte, stellte er fest, dass sich die Tür nicht öffnen ließ. Erschrocken stand er an der Tür und starrte zu dem Alten am Pult, wo sonst er saß. Der Alte nickte mit seinem Kopf und meinte dann: „Jack, Du darfst niemals wegrennen. Denke immer daran, dass Dich Deine Schüler brauchen. Du bist für sie verantwortlich. Niemals darfst Du Angst zeigen. Du bist der Ältere. Und Du trägst die Verantwortung!". Dann erzählte er einfach weiter dieses Märchen, welches jedoch ganz und gar nicht mit der Urfassung übereinstimmte. Und plötzlich entstand ein dreidimensionales Bild vor der Tafel. Ein Hologramm bildete sich und das Märchen, wie es der Alte erzählte, spielte sich in diesem Hologramm ab. Die Schüler waren sprachlos. So etwas hatten sie noch nie erlebt. Auch das Gewitter vor den Fenstern wurde stärker und stärker. Irgendetwas tropfte von der Decke … es war eine rote Flüs-

sigkeit ... Blut! Ein riesiges Herz formte sich vor den entsetzten Augen der Schüler und pumpte sich zu einem Monster auf. Es rumorte und dröhnte. Und im Inneren des mysteriösen Herzens entstand eine schwarze Gestalt mit einer Sense in der Hand ... sie hatte rote Augen ...
Plötzlich zuckte ein greller Blitz auf und das Licht im Klassenzimmer fiel aus. Gleichzeitig fegte ein eisiger Wind durch den Raum. Kein Mucks war mehr zu hören, nur das Zähneklappern der Schüler hallte dumpf durch das Klassenzimmer. Plötzlich schaltete sich das Licht wieder ein. Auch das Gewitter vor dem Fenster verzog sich rasch und die Schüler kamen ängstlich unter ihren Bänken hervor gekrabbelt. Auch Jack, der sich hinter dem Besenschrank versteckt hatte, kroch aus seinem Versteck hervor und schaute sich um. Es schien alles normal zu sein, nur an der Tafel konnte man den mit roter Kreide geschrieben Wortlaut des von dem alten Mann erzählten Märchens nachlesen. Doch der Alte selbst war wie vom Erdboden verschluckt. War er gegangen? Jack ging zur Tür und diese ließ

sich auch wieder anstandslos öffnen. Doch draußen auf dem Gang war niemand. Jack kam wieder ins Zimmer zurück und begann ohne lange zu überlegen, über das Märchen zu sprechen. Die Schüler sollten darüber diskutieren. So konnten sie am besten diese eben erlebten, furchtbaren Minuten verarbeiten. Und es war ganz sonderbar, aber die Schüler waren aufmerksam und taten alles so, wie es Jack von ihnen verlangte. Doch auch mit Jack schien etwas geschehen zu sein – er spulte nicht mehr seinen trockenen langweiligen Lehrplan ab, den kein Schüler interessierte. Er hatte wieder Spaß daran, sich jeden Tag etwas Neues einfallen zu lassen. Und fortan wurde der Unterricht wieder spannend und interessant. Schon bald wurde Jack so gut, dass sich die Schulklassen nach seinem Unterricht rissen. Jeder wollte mal von Jack unterrichtet werden. Jack spürte wieder Leben ins sich und es ging ihm auch gesundheitlich erheblich besser. Eines Tages fragte er die Direktorin nach dem alten Mann, der damals bei ihm hospitierte. Die Direktorin jedoch wusste nichts von einem alten Mann. Auch an ein Gewitter an jenem Tage konnte sie sich nicht mehr erinnern. Als Jack eines Tages zusammen mit seiner Frau die alten Fotos anschaute, stutzte er. Auf einem der Fotos sah er den alten Mann, der in seiner Klasse war. Unter dem Foto stand, dass es sich um seinen Urgroßvater handelte. Und das Verrückteste war, dass dieser Urgroßvater damals Lehrer von Beruf war und seinen Schülern immer das Märchen „Das kalte Herz" erzählte …

26. Unschuldig

Mike Small musste sich an diesem Tage vor Gericht wegen eines Mordes rechtfertigen. Die schöne Sina Caranda wurde erschlagen und Mike wurde noch am Tatort verhaftet. Allerdings gab es weder Beweise für seine Tat noch einen eindeutigen Hinweis, dass er es wirklich war, der diesen Mord verübte. Dennoch saß er in Untersuchungshaft und von Tag zu Tag ging es ihm schlechter. Sein Anwalt Scott Meyers musste mit ansehen, wie Mike immer mehr verging und ihm war klar, dass es nicht Mike war, der an jenem unglückseligen Tage die arme Sina umgebracht hatte. Es musste jemand anderes gewesen sein. Die Verhandlung begann und es schien so, dass Mike tatsächlich für den Mord ins Gefängnis gehen musste. Scott musste seinen Mandanten stützen, damit er überhaupt an dieser Verhandlung teilnehmen konnte. Mike fühlte sich schwach und todkrank. Der Richter hingegen kannte kein Erbarmen. Für ihn war

Mike schon zu Beginn der Verhandlung der wahre Verbrecher. Er weigerte sich, anzuerkennen, dass es keine stichhaltigen Beweise gab, die Mike eindeutig als Täter entlarvten. Während der Verhandlung geschah etwas sehr seltsames. Das Kreuz, welches über dem Haupteingang des Gerichtssaales hing, begann sich unmerklich zu bewegen. Mike, dem es sichtlich immer schlechter ging, starrte jedoch andauernd zum Eingang. In Gedanken mahlte er sich aus, wie es wohl wäre, wenn er durch diese Tür als freier Mann den Saal verlassen könnte. Die Verhandlung nahm ihren schrecklichen Verlauf und ein seltsamer Zeuge wurde vernommen. Es war ein gewisser Cliff Hardford, der angeblich alles von weitem mit angesehen haben wollte. Er bekräftigte sogar, den Angeklagten am fraglichen Tage in der Nähe von Sina gesehen zu haben. Er schwor, dass er eine steinerne Statue in Mikes Händen gesehen haben wollte. Mike konnte all das nicht mehr hören. Er wusste, dass er es nicht war und flüsterte dies mit allerletzter Kraft noch einmal seinem neben ihm sitzenden

Anwalt in die Ohren. Der schob ihm ein Glas Wasser zu und fragte ihn, ob man die Verhandlung nicht besser unterbrechen sollte. Doch Mike winkte ab. Er wollte bis zum Schluss durchhalten. Aber so lange dauerte die Verhandlung nicht mehr. Mike bekam einen schweren Hustenanfall und plötzlich fiel sein Kopf leblos auf die Tischplatte vor ihm. Scott erschrak fürchterlich. Vergeblich versuchte er, Mike durch Rütteln an dessen Ärmel wieder aufzuwecken. Er konnte allerdings nicht wissen, dass es dazu längst zu spät war- Mike war tot. Die Verhandlung wurde unterbrochen und keiner wusste mehr, ob es Mike tatsächlich war oder nicht. Als die Zuschauer den Gerichtssaal verließen, wackelte das Kreuz über dem Eingang derart, dass es schließlich lautstark zu Boden fiel. Es war der Zeuge Cliff, dem das auffiel. Denn er hatte die Verhandlung bis zum Schluss beobachtet und war der letzte, der den Gerichtssaal verließ. Er war bereits auf dem Gang vor dem Gerichtssaal, da stürmte er noch einmal zurück und nahm das Kreuz an sich. Mit dem Kreuz in den Händen lief die breite Treppe vor dem Gerichtsgebäude nach unten. Weil es Winter war, rutschte Cliff auf den Stufen auf dem frisch gefallenen Schnee aus. Dabei rutschte ihm das Kreuz aus der Hand und fiel auf die Treppe. Als Cliff sich bückte, um es aufzuheben, fegte plötzlich eine heftige Windbö um die Ecken. Sie trieb das Kreuz bis zu einer großen steinernen Statue, welche Justitia darstellte. An deren Füßen blieb es liegen und der Wind ebbte ab. Cliff wollte das Kreuz aufheben, da begann die Statue derart hin und her kippen, dass sie schließlich von ihrem Sockel fiel. Cliff, der sich noch nach dem Kreuz bückte, um dieses aufzuheben, bemerkte nicht, was da über ihm geschah. Als er das Kreuz schließlich in seinen Händen hielt und sich aufrichten wollte, stürzte die steinerne Justitia auf ihn herab und begrub ihn unter sich. Passanten, die das beobachteten, riefen sofort den Notarzt, doch der konnte nur noch Cliffs Tod feststellen. Bei der späteren Untersuchung der Leiche wurden diverse Gegenstände aus Sina Carandas Besitz gefunden, auch eine gefälschte Police einer Lebensversicherung. Man begann, den Fall noch einmal aufzurollen. Dabei entdeckte man in Cliffs Wohnung die steinerne Statue, mit der Sina erschlagen wurde. Cliff hatte die junge Frau erschlagen und beinahe ihre Lebensversicherung kassiert. Cliff wurde zusammen mit Mikes Leiche zum Leichenbestatter gebracht. Als der Leichenbestatter Mikes Leichnam für die Beerdigung vorbereitete, fiel ihm etwas sehr seltsames auf. Mike hielt ein schmiedeeisernes Kreuz in seinen Händen. Es war das Kreuz, welches über dem Haupteingang zum Gerichtssaal hing, in welchem er beinahe für schuldig gesprochen wäre …

27. Nordlichter

Die Kriminalisten tappten im Dunkeln. James Brown wurde tot in einem Maisfeld gefunden. Aber vom Täter fehlte seit Monaten jede Spur. Nicht der geringste Anhaltspunkt ließ sich finden. Inspektor Cannings, der auch die Sonderkommission leitete, wusste einfach nicht mehr weiter. Seine Mitarbeiter waren buchstäblich täglich auf den Beinen, um eventuelle Zeugen zu befragen. Und da auf stichhaltige Hinweise, die zur Ergreifung des Täters ausschlaggebend seien, fünftausend Dollar ausgesetzt waren, meldeten sich viele dieser vermeintlichen Zeugen. Aber es war so wie immer … keiner der angeblichen Spuren führte ans Ziel. So griff der Inspektor zu einem allerletzten Mittel, um vielleicht doch noch wenigstens den Hauch einer Spur zu entdecken, er wollte eine Wahrsagerin bitten, ihm zu helfen. Madame Monique war schon etwas älter und eigentlich nicht mehr daran interessiert, in ihrem Alter noch diversen Morden auf die Spur zu kommen. Sie hatte ihr Leben lang ratsuchenden Menschen beigestanden und dabei eine hohe Trefferquote erzielt. Jetzt wollte sie sich zur Ruhe setzen und nie mehr wahrsagen. Als der Inspektor vor ihrer Türe stand, wollte sie ihm schon die kalte Schulter zeigen. Doch irgendetwas schien sie doch für die Angelegenheit zu interessieren. War es der merkwürdige Blick des Inspektors oder waren es unbekannte energetische Strahlen, die Madame Monique schließlich „Ja" sagen ließ. Cannings jedenfalls war froh, dass es wenigstens eine winzige Hoffnung bei der Auflösung des rätselhaften Falles gab. Schon am gleichen Nachmittag fuhr er mit Madame Monique zum Tatort, einem Maisfeld bei „Corners Bank". Es war ein regnerischer Nachmittag und feuchter Dunst zog über das Feld. Madame Monique und der Inspektor mussten durch den Morast waten, um bis zur Fundstelle der Leiche vorzudringen. Zunächst spürte Monique gar nichts. Sie versuchte sich zu konzentrieren, doch es gelang ihr einfach nicht. Alles in ihrer Seele blieb dunkel. Hilflos zuckte sie mit den Schultern und der Inspektor lief bereits zurück zum Wagen, da rief die Wahrsagerin plötzlich laut hinter ihm: „Halt! Warten Sie! Da ist etwas … ich spüre es ganz deutlich … ich sehe etwas.". Cannings glaubte, sich verhört zu haben. Nach all diesen Monaten, dieser beinahe sinnlos verstrichenen Zeit, nun endlich dieses Zeichen? Vielleicht eine heiße Spur, oder wenigstens ein kleiner Hinweis auf den Täter? Aufgeregt lief er zu Monique und hörte ihr gespannt zu. Die Wahrsagerin hatte sich in die Hocke begeben und schloss ihre Augen. Sollte sie tatsächlich sehen, was sich hier ereignet hatte? „Ich sehe bunte Farben … sie leuchten und verändern ständig ihre Intensität. Sie wechseln mal ins Grün, dann ins Gelb … seltsam … ich sehe Steine, große Steine … schwarze Steine … heiße Steine … dann wieder diese Farben … hauptsächlich Grün …". Monique erhob sich und sagte dann, dass sie nichts weiter mehr sehen konnte. Auch sei sie zu angespannt, sodass sie sich nun doch nicht mehr konzentrieren konnte. Der Inspektor versuchte, ihr noch einige wichtige Details zu den Farben und den Steinen abzuluchsen. Doch es war vergeblich – Monique schwieg und wollte gehen. Und obwohl der Inspektor nicht sehr erfreut über das magere Ergebnis schien, verabredete er sich schon für den nächsten Tag mit ihr. Monique zeigte sich einverstanden und so fuhren sie in die Stadt zurück. Unterwegs befahl sie dem Inspektor, sofort den Wagen anzuhalten. Sie meinte, dass sie plötzlich eine starke Energie in sich fühlte. Die Energie sei derart heftig, dass sie unbedingt aussteigen wollte. Cannings hielt den Wagen an und die beiden stiegen aus. Die Wahrsagerin schloss wieder ihre Augen und lief schnurstracks auf das Feld neben der Straße zu. Als sie zwischen den hohen Getreidehalmen verschwand, machte sich der Inspektor große Sorgen und folgte ihr. Monique lief zielgerichtet auf irgendetwas zu, was sich im Feld befinden musste. Und so war es dann auch ... vor einer kahlen Fläche, auf welcher die Kornhalme umgepflügt waren, blieb sie stehen. Es musste sich um einen riesigen Kornkreis handeln. Doch die Ausmaße konnten die beiden nicht richtig abschätzen. Der Kreis musste riesig sein. Monique kniete sich in die weichen, eingedrückten Getreidehalme und schaute nach oben. „Hier ist etwas … es kam von da oben …". Bei diesen Worten zeigte sie auf den Himmel und Cannings rief seine Dienststelle an, um einige Polizeibeamte mit Spaten und Hacken herbeizuholen. Als die schließlich erschienen, begannen sie sogleich mit den Grabungsarbeiten. Es dauerte sehr lange, bis sie einen großen schwarzen Steinklumpen freigelegt hatten. Cannings betrachtete sich den Brocken von allen Seiten … der Stein schien metallisch zu sein. Doch einen Anhaltspunkt auf den Tod des Opfers gab er nicht. Er wollte dennoch den Stein genauer untersuchen lassen und ordnete an, das Artefakt mitzunehmen. Monique erzählte unterdessen weiterhin, dass sie auch an dieser Stelle wieder diese seltsamen Farben gesehen habe. Mehr allerdings war nicht aus ihr herauszubekommen und Cannings brach die Suche vorerst ab. Am nächsten Tage erhielt der Inspektor die ersten Hinweise zu dem Ge-

steinsbrocken. Demnach handelte es sich um einen eisenhaltigen Meteoriten.
Doch in seinem Inneren sei irgendetwas verborgen, was man noch nicht freilegen konnte. Zu hart sei die Kruste und zu schwierig sei es, ohne den Kern zu beschädigen, diese Kruste zu durchdringen. Monique kam schon sehr früh und meinte, dass sie wüsste, was diese Farben bedeuteten. Sie sprach von Nordlichtern, die sie immerzu gesehen hatte. Aber Cannings half das nicht weiter. Nordlichter … hier? Unmöglich! Da musste noch etwas anderes sein. Nur was? Sogleich machte er sich mit Monique auf den Weg. Noch einmal wollte er mit ihr zum Tatort auf dem Feld hinausfahren. Vielleicht sah Monique ja doch noch etwas, das ihn weiter bringen konnte. Als die beiden auf dem Feld eintrafen, erhielt er einen Anruf. Die Kruste des Gesteinsbrockens konnte geöffnet werden. Im Inneren des Brockens verbarg sich eine Metallkugel. Doch was sie zu bedeuten hatte, konnte man noch nicht sagen. Die Kugel bestand aus einem Metall, das unzerstörbar schien. Man wollte es dennoch versu-

chen. Cannings blieb nun nur noch Monique, die hier draußen auf dem Feld vielleicht noch etwas spüren konnte. Die beiden liefen zum Fundort der Leiche und wieder kniete sich Monique auf den Boden. Da geschah etwas Seltsames. Über dem Feld entstanden seltsame Lichter … grüne Lichter. Sie wechselten ihre Farben und wurden mal gelb, dann wieder grün … und so weiter. Monique und der Inspektor starrten sprachlos auf diese seltsame Lichterscheinung. Dann fuhr ein greller Lichtstrahl aus dem grünlichen Knäuel am Himmel hinunter auf die Erde. Doch nichts geschah – kein Brand, keine Ufos, keine Aliens … nichts. Nach ungefähr zehn Minuten erhielt Cannings erneut einen Anruf. Als das Telefonat beendet war, schien der Inspektor so seltsam und bleich im Gesicht. Er schaute zu Monique und stammelte dann: „James Brown, der Tote … er ist wieder zum Leben erwacht. Er stand soeben auf dem Gang der Gerichtsmedizin und war vollkommen in Ordnung. Allerdings konnte er sich an nichts erinnern. Wir müssen unbedingt dorthin!". Monique konnte sich das ebenfalls nicht erklären, spürte aber wieder eine unglaublich starke Energie, die über dem Feld zu schweben schien. Als die beiden auf halber Strecke waren, kam ihnen bereits ein anderes Polizeifahrzeug entgegen. Cannings hielt an und erfuhr, dass James Brown unbedingt zu der Stelle gebracht werden wollte, wo er selbst als Leiche gefunden worden war. So fuhren alle zum Maisfeld zurück. Kaum waren sie dort angekommen, erschienen die mysteriösen Nordlichter über dem Feld und kreisten eine Weile über dem Ort. Dann fuhr erneut ein greller Lichtstrahl herunter und erfasste James Brown. Im gleichen Augenblick verschwand Brown im grellen Licht, welches daraufhin ebenfalls verschwand. Übrig blieb nur eine seltsame Metallkugel, die auf dem Boden lag. Cannings und die übrigen beistehenden Leute konnten nicht fassen, was sie da eben gesehen hatten. Monique meinte nur, dass sie keine Energiestrahlung mehr spürte. Wie konnte das nur sein … James Brown lebte und war doch schon wieder fort. Aber wohin war er verschwunden? Als Cannings und

Monique im Polizeipräsidium zurück waren, erhielten sie eine merkwürdige Information. In der Metallkugel, die man in dem schwarzen Gesteinsbrocken fand, hatte man DNA- Spuren nachweisen können. Es war eine genetische Spur eines Menschen, die komplett in der Metallkugel eingeschlossen war. Cannings vermutete, dass auch in der Metallkugel auf dem Feld eine DNA gespeichert war. Sein Verdacht bestätigte sich. Mehr noch, der komplette genetische Code von James Brown war in der Metallkugel gespeichert. Allerdings war es nicht möglich, diesen Code abzurufen. Doch plötzlich tauchte über der Kugel ein grünes flirrendes Nordlicht auf. Im selben Augenblick stand Brown im Raum. Cannings konnte es nicht glauben. Sollte es tatsächlich möglich sein, mit Hilfe des Nordlichtes den genetischen Code in der Metallkugel zu lesen? Brown stand schweigend im Zimmer und schaute sich um. Dann sprach er mit monotoner Stimme: „Bald ist es soweit und beide menschliche Zivilisationen auf der Erde werden sich verbinden. Dann werden wir ewig leben. In den Kugeln werden wir die Zeiten überstehen. Und wir werden nie wieder sterben müssen.". Kaum hatte er diese Worte gesprochen, da glühte erneut das grüne Nordlicht im Raum und als es erlosch, lag die Metallkugel auf dem Boden, als wäre nie etwas geschehen. Cannings ließ die Metallkugeln in einem speziellen Raum in einem geheimen Institut lagern. Die Wissenschaftler, die sich mit diesem seltsamen Phänomen beschäftigen sollten, sowie Monique und jene Beamten, die all das miterlebt hatten, wurden zum Schweigen über die Vorfälle verpflichtet. Die Jahre vergingen und Cannings kümmerte sich nicht mehr um diesen rätselhaften Fall. Eines Tages las er in der Zeitung: „Zahlreiche riesige Nordlichter über dem Land gesichtet. Sie leuchteten sogar tagsüber über zahlreichen großen Städten.". Und im Artikel darunter las er: „In einem Institut, welches sich mit dem menschlichem Genom beschäftigt hatte es einen Brand gegeben. Man beobachtete, dass ein greller Lichtstrahl aus einem der Nordlichter auf das Institut nieder gegangen sei und es in Brand gesetzt haben soll. Seither fehlt von wichtigen Forschungsergebnissen jede Spur.". Cannings rief sofort dort an und erfuhr, dass alle Metallkugeln, die im Institut gelagert wurden, verschwunden waren. Doch noch etwas anderes verwunderte Cannings und die Polizeibeamten, die diesen Fall aufklären sollten … alle Mitarbeiter des Institutes seien plötzlich in diesem sonderbaren Lichtstrahl auf Nimmerwiedersehen verschwunden …

28. Der Duft der Liebe

Nach dem Tode seiner geliebten Ehefrau Sally ging es mit Tom nur noch bergab. Er begann zu trinken und verlor deswegen sogar seinen Job. Als er auch noch kurz davor war, sein Haus zu verlieren, weil er seine Mietschulden nicht mehr zahlen konnte, wusste er nicht mehr, ob er überhaupt noch weiterleben sollte. Wozu, wenn alles doch keinen Sinn mehr machte … so war seine Meinung. Freunde hatten sie damals nie sehr viele. Als sich herumsprach, wie es um Tom stand, verabschiedeten sich auch noch die restlichen verbliebenen Freunde und kamen nie wieder. Jeden Tag trauerte Tom und hatte einen kleinen Altar für Sally im Wohnzimmer errichtet. Und jedes Mal, wenn er das Bild seiner geliebten jungen Frau dort erblickte, brach er weinend zusammen. Er hielt es einfach nicht mehr aus. Zu tief saßen die schönen Erinnerungen und zu hart war der plötzliche Abschied von ihr. Dieser Krebs hatte alles verändert – von einem Tag auf den anderen. Warum nur musste man so allein mit allem zurechtkommen? Warum nur soviel Leid und Trauer? Tom griff zur Whiskyflasche und trank sie fast aus. Dann torkelte er ins Schlafzimmer und legte sich ins Bett. Am nächsten Morgen wachte er wie jeden Tag vollkommen verkatert auf und kam einfach nicht in die Gänge. Alles tat ihm weh und am meisten schmerzte ihm die Seele. Sie lag wund und brach in ihm drin und er ergab sich diesem hoffnungslosen Gefühl. Er hatte sich von seinem Arzt Schlaftabletten verschreiben lassen und ihn bei jedem seiner Besuche angelogen, dass er keine mehr hätte. So verschrieb ihm der Arzt immer neue Tabletten und Tom hatte bereits einen stattlichen Vorrat angesammelt. Ihm war nach Abschied und so wollte er keinen Tag länger auf dieser verruchten Erde zubringen. Magisch zog es ihn zu seiner verstorbenen Frau Sally. Er war der Ansicht, dass er im Jenseits immer bei ihr sein konnte. Er wollte es so sehr. Als er sich geduscht hatte, nahm er die Tabletten und eine neue Flasche Whisky. Damit schlich er sich ins Schlafzimmer und legte sich aufs Bett. Doch es war seltsam- irgendetwas kam ihm komisch vor. Er spürte plötzlich so eine merkwürdige Leichtigkeit, beinahe so, als würde er fliegen. Und plötzlich verwandelte sich das Zimmer in einen märchenhaften Ort. Überall waberten Nebel und ein seltsam weißes Licht tauchte den gesamten Raum in eine angenehme und behagliche Oase. Aus der Ferne vernahm er eine merkwürdige Musik, eine zauberhafte Serenade, die nicht enden wollte. Es duftete nach irgendetwas, das ihm bekannt vorkam. Und tatsächlich … es fiel ihm wieder ein … es war Sallys Lieblingsparfum. Sie hatte es so sehr geliebt und sich von den letzten ersparten Groschen gekauft. Sie wollte noch einmal glücklich sein und sich das gönnen, was sie liebte … einen wunderschönen, lieblichen Duft. Und plötzlich war sie da … Sally. In Lebensgröße und lächelnd stand sie vor ihm und schaute ihn schweigend an. Sie sah so glücklich aus, so erholt. Tom konnte es nicht fassen. Ihr langes blondes Haar wehte im lauen Wind, der die märchenhaften Wolken sanft hin und her bewegte. Sally wischte Tom die Tränen aus dem Gesicht. Dann flüsterte sie: „Sei nicht traurig. Du darfst nicht weinen. Ich bin zwar tot, aber es ist doch nur mein Leib, der nicht mehr lebt. Meine Seele wird ewig bleiben. Denk an unser Glück, an unsere Liebe. Wenn Du Dich so gehenlässt, bin auch ich traurig. Denn ich wollte nie, dass Du so leidest. Du musst wieder zu Dir selber finden. Ich bin immer bei Dir, wo Du auch sein wirst.". Tom wollte ihr ewig zuhören. Diese Stimme hatte er so lange vermisst. Er wollte sie so gern hören. Und diese wunderschöne Frau wollte er sehen, in seinen Armen halten- für immer. Und für immer wollte er bei ihr bleiben. Er wollte sterben, um bei ihr sein zu können. Nie wieder wollte er in diese einsame kalte Welt zurück. Dort konnte er nicht mehr sein. Dort wollte er nicht leben. Er konnte es einfach nicht. Sally schien seine Gedanken lesen zu können. Sie strich ihm übers Haar und sagte dann leise: „Du wirst nicht mit mir gehen. Du bleibst in unserem Haus. Denn Du darfst nicht sterben. Nicht, bevor Du wieder jemand kennen gelernt hast und neu zu leben begonnen hast. Du musst wieder zurück. Es ist eben so.". Tom konnte nicht glauben, was Sally da zu ihm sagte. Sie konnte ihn doch nicht dorthin zurück schicken, wo er nicht mehr glücklich war. Dorthin, wo er nicht leben konnte, wollte er nie mehr gehen. Wie sollte er dort leben, ohne Sally? Und wen sollte er schon kennen lernen? Immer würden ihn seine Gedanken an Sally erinnern und ihn nie wieder zur Ruhe kommen lassen. Er liebte Sally so sehr. Doch Sally wollte das nicht hören. Sie legte ihren Finger auf Toms Mund und sprach: „Schweig. Sei einfach still und tu das, was für Dich richtig ist. Komm nicht mit mir mit, denn Deine Zeit ist noch nicht gekommen. Glaube mir, ich weiß es ganz genau. ER würde nicht wollen, dass Du mit mir mitkommst und ich will es auch nicht. Auf gar keinen Fall. Nie könnte ich mir verzeihen, dass Du unglücklich wirst, in dem Du mit mir kommst. Das darf niemals geschehen. Gehe heim in unser Haus und lerne neu zu leben. Es wird nicht einfach aber Du musst es tun. Und sei Dir immer gewiss … ich liebe Dich. Und das wird sich nie mehr ändern.". Das Licht wurde immer heller und die Wolken verblassten in diesem grellen weißen Licht. Sally entschwand darin wie ein Traum, den man ausgeträumt hat. Sie löste sich auf und als das Licht verlöschte, sank er hinab in die irdische Welt. Er fand sich in seinem Bett wieder und erwachte aus seinem wundervollen Traum. Und er fühlte sich noch immer so leicht. Doch da war noch etwas anderes, was er spürte … seinen Herzschlag. Es schlug kraftvoll und stark und in diesem Moment wusste er, was er tun sollte. Weiterleben! So wie es Sally ihm gesagt hatte, wollte er leben und Sallys Vermächtnis in Ehren halten. Es lebte ganz tief in seinem Herzen und er wusste, dass es dort niemals mehr weggehen würde. Erleichtert erhob er sich aus seinem Bett und schaute aus dem Fenster. Die Sonne schien und auf der Straße vor dem Haus liefen zahllose Menschen umher. Jetzt schien Tom alles klar zu sein! Er wollte leben! Er nahm die Schlaftabletten und warf sie weg. Er brauchte sie nicht mehr. Denn er fühlte sich stark und mutig. Sally war immer bei ihm, das wusste er genau. Und als er hinausging, um den Tag zu leben, da spürte er einen merkwürdigen Duft um sich herum. Und da wusste er, dass Sally bei ihm war, denn es war ihr Lieblingsduft, den er auch in seinem sonderbaren Traum um sich spürte … es war der Duft des Lebens und der Liebe …

29. Mini-Story
Los Angeles, die Stadt der Engel

Es war einer der seltsamsten Dinge, die Paul je erlebt hatte. Seit zwei Jahren lebte er nun schon in diesem idyllisch gelegenen kleinen Zweifamilienhaus am Rand der Hollywood Hills im wunderschönen Hollywood. Es war genau so, wie er es sich stets erträumt hatte, die würzige Waldluft erfrischte ihn jeden Morgen und das Haus sah genau so aus, wie er es sich immer vorgestellt hatte. So hätte es immer sein sollen, wenn da nicht eines Tages eine kleine Familie eingezogen wäre, die immer wieder sehr viel Krawall veranstaltet hätte. Jeden Tag war es laut und die Musik, die diese Leute hörten, war einfach nur furchtbar. Das junge Ehepaar hatte zwei Kinder, einen Jungen und ein Mädchen, und die schienen beinahe jedes Wochenende durchzufeiern. Es krachte und schepperte und hörte einfach nicht mehr auf. Pauls ruhige Tage schienen für immer dahin, denn er musste sich beinahe täglich bei diesen Leuten beschweren, sie zu etwas mehr Ruhe auffordern. Die jedoch ließen sich gar nicht stören und feierten kräftig weiter. Es schien ihnen sogar noch Spaß zu machen, wenn sich Paul so richtig aufregte.

Das nervige Theater zog sich so ungefähr drei Monate hin und Paul wollte schon ausziehen. Da geschah das Unfassbare – von einem Tag zum anderen wurde es ruhig und es schien, dass die Familie über Nacht das Haus verlassen hätte. Paul wunderte sich darüber und ertappte sich schon dabei, die merkwürdige Familie zu vermissen. Früh war es ruhig und die Nächte schienen wie ausgestorben. Zwar war das ganz gut so, doch ein bisschen mehr Leben hätte es wohl doch sein können. Als er seinen Vermieter, einen reichen Filmproduzenten aus Beverly Hills, fragte, wo die Leute so plötzlich seien, wunderte der sich sehr. Doch das, was er dann sagte, schien Paul für immer zu verändern und er konnte es einfach nicht glauben. Demnach war die sonderbare Familie schon seit zehn Jahren nicht mehr in diesem Hause, also lange bevor

Paul dort einzog. Und sie waren nicht einfach nur ausgezogen, sondern sie kamen auf den Tag der plötzlichen Ruhe im Hause genau bei einem schweren Autounfall ums Leben. Und seitdem schien es Paul, als wenn sie wie silbern leuchtende Engel um seine Terrasse schwebten und immer wieder diese Lieder singen würden, die sich plötzlich gar nicht mehr so laut und störend anhörten. Sie waren wie ein wundervoller Singsang aus einer anderen Welt und Paul lag auf seiner Terrasse in der Sonne und erfreute sich an dem, was ihn einst so störte. Ja, es war wirklich wie ein Wunder. Aber es war ja in Los Angeles, der Stadt der Engel …

30. Timmis Bild

Timmi war sieben Jahre alt und liebte seine Mutter über alles. Immer an ihrem Geburtstag dachte er sich eine Überraschung für sie aus. Nur diesmal fiel ihm einfach nichts ein. Er überlegte und überlegte, und plötzlich hatte er eine Idee. Weil er sehr gut zeichnen konnte, wollte er seine Mutter mit einer Zeichnung überraschen. Vielleicht gelang ihm das Bild ja so gut, dass es seiner Mutter gefiel. Nur, was sollte er zeichnen? Ein Haus, ein Auto … ein Boot vielleicht? Irgendwie fand das alles viel zu langweilig. Am meisten würde sich seine Mutter freuen, wenn er eine Person zeichnete. Doch, konnte er das überhaupt schon? Er hatte es ja noch nie versucht. Fragen konnte er keinen. Es bestand die Gefahr, dass die Mutter etwas davon mitbekam, und die ganze Überraschung wäre dahin. So setzte er sich an einem Nachmittag an den nahe gelegenen See und überlegte. Da kam ein fremder Mann des Weges. Als Timmi ihn entdeckte, rief er ihn zu sich. Der Mann setzte sich neben Timmi auf einen Baumstumpf und fragte ihn, was er von ihm wolle. Timmi überlegte kurz, dann erzählte er ihm von seinem Vorhaben. Er berichtete ihm, dass er seine Mutter zu ihrem Geburtstag mit einer Zeichnung überraschen wollte. Er wollte ein Portrait von einer Person zeichnen, um der Mutter zu zeigen, wie gut er es schon konnte. Der Mann wiegte nachdenklich mit dem Kopf. Dann sagte er mit gesenkter Stimme, dass es Timmi doch vielleicht erst einmal mit etwas anderem versuchen möge. Er zeigte auf den wunderschönen See, der ruhig und idyllisch vor ihnen lag. Doch Timmi fand das zu langweilig. Einen See hatten sie ja schon. Mutter hatte das Bild mal von den Großeltern geschenkt bekommen. Etwas Langweiligeres hatte er noch nie gesehen. Und weil sich nichts weiter fand, bat Timmi den Mann, für ihn Portrait zu stehen. Der Mann winkte lachend ab. Er fand sich absolut nicht tauglich, ausgerechnet gezeichnet zu werden. Nein, das wollte er nicht. Doch Timmi bestand darauf. Und so gab sich der Mann geschlagen. Bevor sie mit der Aktion begannen, stellte sich der Mann vor … er sagte, er heiße Dieter. Timmi lachte verstohlen und nannte auch seinen Namen. Dann setzte sich der vermeintliche Dieter in Positur und Timmi begann, mit seinem Bleistift die ersten Linien zu ziehen. Leider wurde es schon recht bald dunkel und Timmi musste nach Hause gehen. Er bat den Dieter jedoch, am nächsten Nachmittag, wenn er aus der Schule käme, wieder an den See zu kommen. Der versprach es und sie verabschiedeten sich. Zuhause tat Timmi mehr als geheimnisvoll. Er wollte unter keinen Umständen, dass die Mutter von seinem Vorhaben etwas bemerkte. Doch das seltsame Verhalten ihres Sohnes brachte die misstrauische Mutter erst recht auf den Plan und sie fragte ihn, ob er ihr irgendetwas verheimlichte. Timmi schüttelte ungläubig mit seinem Köpfchen und verzog sich grinsend in sein Zimmer. Nachts träumte er davon, wie er seiner Mutter das fertige Bildnis überreichte. Er sah, wie sie sich freute und ihm einen dicken Kuss auf die Wange gab. Ja, so sollte es sein. Er musste sich nur genügend Mühe geben, dann würde es schon klappen. Am nächsten Nachmittag, gleich nach der Schule rannte Timmi zum See. Und nachdem er eine kleine Weile gewartet hatte, erschien auch der Dieter. Er hatte eine große Tüte Bonbons bei sich und öffnete sie auch gleich. Beide bedienten sich an der süßen Verlockung vergaßen beinahe ihr eigentliches Vorhaben, das Zeichnen des Bildes. Timmi übernahm das Kommando und Dieter musste sich so setzen, wie es Timmi gefiel. Immerhin war es ja ein Geburtstagsgeschenk. Und Dieter musste nun ununterbrochen und nach Timmis strengen Anweisungen lächeln. Irgendwann konnte Dieter nicht mehr und die beiden hatten eine Menge Spaß, weil Timmi solch komische Sachen von Dieter verlangte. Irgendwann hatte er das Bildnis fertig gestellt und fand es traurig, Dieter nicht mehr so oft zu treffen. Er hatte sich schon so an ihn gewöhnt und wollte ihn auch seiner Mutter vorstellen. Das sollte an ihrem Geburtstag sein, wenn er ihr das fertig gestellte Bild überreichte. Zwar hatte Dieter einige

Bedenken, doch nachdem Timmi es furchtbar dringend machte, konnte er nicht mehr widerstehen. Als sie sich geeinigt hatten, rollte Dieter das Bild ordentlich zusammen und steckte es Timmi unter den Arm. Dann gingen die beiden in unterschiedliche Richtungen- jeder zu sich nach Hause. Am nächsten Tage hatte die Mutter Geburtstag. Und das Schönste daran war, dass es Sonntag war und Timmi nicht zur Schule musste. Bevor er der Mutter das Bild schenkte, ging er noch einmal zum See. Dort hatte er sich mit Dieter verabredet. Zusammen wollten sie dann zur Mutter gehen und ihr das Bild übergeben. Dieter wartete schon ungeduldig und hatte eine große goldene Schleife mitgebracht. Timmi rollte das Bild noch einmal fachmännisch zusammen und der Mann band die goldene Schleife darum. Schließlich liefen sie los. Als sie so liefen, wunderte sich Timmi, denn Dieter wurde immer langsamer. Irgendwann wollte er nicht mehr mit Timmi weiter gehen. Als der ihn fragte, warum er stehenblieb, druckste er nur herum. Er konnte ihm aber keine stichhaltige Antwort geben und lief schließlich doch weiter. Als die beiden vor Timmis Haus ankamen, wollte Dieter nicht mit nach oben kommen. Er bat Timmi, dass er unten auf ihn warten würde. Timmi war einverstanden und forderte Dieter auf, nicht wegzulaufen. Mit großen Schritten sprang Timmi nach oben und klingelte. Als die erstaunte Mutter die Tür öffnete, sang er ein kleines Lied und übergab dann der Mutter das Bild. Die Mutter war überglücklich und freute sich sehr über diese Überraschung. Voller Vorfreude rollte sie das Bild auseinander. Doch anstatt sich zu freuen, setzte sie sich erst einmal auf einen Stuhl. Als sie dann auch noch zu weinen begann, wusste Timmi gar nicht, was er tun sollte. Er wollte sie trösten, doch die Mutter konnte sich einfach nicht mehr beruhigen. Mit bebender Stimme fragte sie ihren Sohn, wo er diesen Mann gesehen habe? Der wusste nicht, was diese Frage zu bedeuten hatte und erzählte ihr alles, was er mit Dieter erlebte. Er berichtete ihr auch, dass er Dieter am See getroffen hatte. Dass er Dieter hieß, verschwieg er ihr aber. Die Mutter schluchzte und drückte ihren Timmi ganz fest an ihr Herz. Timmi sagte, dass der Mann noch vor der Haustür wartete. Die Mutter wusste gar nicht, was sie dazu sagen sollte und bat Timmi, den Mann nach oben zu rufen. Timmi trottete zur Türsprechanlage und rief laut: „Hey, Du kannst jetzt hochkommen. Mami will Dich sehen!". Es dauerte nicht lange, da stand Dieter vor der Wohnungstür und der kleine Timmi zog ihn am Jackenärmel in die Wohnung hinein. Schüchtern stand Dieter in der Wohnung, doch die Mutter kam ewig nicht. Nun wurde Timmi das Ganze zu dumm. Er rief laut: „Jetzt komm endlich Mami! Er wartet hier draußen auf Dich!". Noch einmal dauerte es eine halbe Ewigkeit und Timmi rollte schon gelangweilt mit seinen großen Augen. Mit gesenktem Blick erschien sie endlich. Timmi wusste nicht, was dieses seltsame Verhalten zu bedeuten hatte. Er schaute abwechselnd zu Dieter und dann zu seiner Mutter. Dann stöhnte er laut und nahm die Hände der beiden in seine Hand. „Jetzt begrüßt Euch schon! Mann seid Ihr umständlich!". Die beiden gaben sich die Hände und schließlich fielen sie sich um den Hals. Die Mutter weinte und Timmi bemerkte, dass auch Dieter Tränen in seinen Augen hatte. Wie konnte das nur sein? Kannten sich die beiden etwa? Es stellte sich heraus, dass es Timmis verschollen geglaubter Vater war, den er am See gezeichnet hatte. Noch vor Timmis Geburt wurde der Vater von seiner Firma ins Ausland geschickt. Wenig später hieß es, dass er bei einem Flugzeugabsturz ums Leben gekommen sei. Doch er hatte den schweren Unfall überlebt, allerdings sein Gedächtnis verloren. Als er zurückkehrte, wusste er nichts mehr von seiner Frau. Und von Timmi hatte er überhaupt keine Ahnungdieser lebte jedoch ganz in seiner Nähe. Erst auf dem Weg zu Timmis Haus kehrte dieses letzte Stück seiner Erinnerung zurück. Auch Timmi war überglücklich, seinen Papa kennen zu lernen. Ab jetzt konnten sie alles gemeinsam unternehmen und hatten eine Menge Spaß. Timmis Bild wurde gerahmt und bekam einen Ehrenplatz im Wohnzimmer. Es war der Geburtstag des Wiedersehens, den Timmi niemals mehr vergaß.

31. Rache der Vergangenheit

Der Fall war so tragisch wie auch merkwürdig … irgendein Heckenschütze hatte aus sicherer Entfernung auf einen jungen Mann geschossen, der gerade dabei war, in seinen Wagen einzusteigen. Die Kugel traf ihn glücklicherweise nur an der Schulter. Doch der Täter konnte nicht gefasst werden, obwohl er ziemlich genau beschrieben wurde. Es sollte ein Mann in einer schwarzen Jacke gewesen sein, der auf dem Dach des Gebäudes stand, welches sich gegenüber vom Parkplatz befand. Man fand nur die schwarze Jacke, die seltsamerweise ein Loch in der Herzgegend aufwies. Die Suche gestaltete sich zwar schwierig, doch man fand sehr schnell eine heiße Spur. Die Jacke aber konnte dem Verdächtigen nicht zugeordnet werden. So musste er wieder freigelassen werden. Auch die Kugel, die den jungen Mann beinahe getötet hätte, wies einige Eigenarten auf. Sie stammte aus einem Gewehr, welches schon sehr alt sein musste. Man konnte trotz all dieser stichhaltigen Anhaltspunkte keinen Täter finden. So wurde schließlich der Profiler Conrad Jenkins zur Rate gezogen. Jenkins hatte sich eigentlich schon zur Ruhe gesetzt. Aber in besonders hartnäckigen Angelegenheiten befragte man ihn noch. Jenkins war ein älterer, recht gemütlicher Herr, der es eher langsam anging. Nicht jeder Polizeibeamte fand das so gut. Denn immerhin wollte man schnell die Täter zu fassen bekommen. Es war aber Jenkins Akribie und die Zielstrebigkeit, die er dann doch immer wieder auf die richtige Fährte setzten. Jenkins schaute sich auch diesen Tatort genau an. Dann begab er sich auf das Dach des Hochhauses, von welchem der Schuss gefallen war. Er konnte nichts Verdächtiges feststellen. Und er wusste genau, dass der Täter darauf bedacht war, alle seine Spuren zu verwischen. Allerdings machte Jenkins an genau dieser Stelle eine Denkpause. Irgendetwas in ihm veranlasste ihn, in eine andere Richtung zu denken. Es ging gar nicht mehr um eine Spurensuche. Vielmehr ging es um Motive.

Wer war das Opfer? Wer war dieser angeschossene junge Mann? Könnte er ein Auslöser für diese Tat gewesen sein? Gab es in dessen Familie einen Hinweis, der auf die Schussattacke hinweisen könnte? Jenkins tappte nach wie vor im Dunkeln und fand wie auch seine ehemaligen Polizeikollegen absolut keinen Anhaltspunkt. Sollte dieser Täter etwa davonkommen? Was wäre, wenn er wieder zuschlagen würde? Gäbe es dann noch mehr Opfer? Vielleicht würde er inmitten der Stadt erneut zuschlagen? Jenkins fand einfach keine Ruhe mehr. Nachts blieb er stundenlang wach und ging in Gedanken die unfassbarsten Szenarien durch. Irgendeine Spur musste es doch geben? Irgendwann befasste man sich tatsächlich damit, den Fall vorerst zu den Akten zu legen. Die zuständige Mordkommission sollte aber weiter arbeiten. Und Jenkins fand noch immer keinen stichhaltigen Hinweis. Er forschte jedoch immer weiter. Es wäre sein erster Fall, bei welchem er versagen würde. Das durfte auf gar keinen Fall geschehen. So zog er eines Nachts los und untersuchte heimlich die Umgebung des Hauses, in welchem der angeschossene junge Mann lebte. Es war ein sehr altes Gebäude, in welchem der Mann wohnte. Und rund um das ehrwürdige Gemäuer erstreckte sich ein wackeliger Gartenzaun. Doch was war das … im dichten Gebüsch, hinter dem Haus entdeckte Jenkins einen Stein. Mit seiner Taschenlampe leuchtete er hinter den Zaun. Es musste ein Grabstein sein, der dort stand. Plötzlich zog ein heftiges Gewitter auf. Die grellen Blitze erhellten die Gegend und tauchten den Grabstein in ein seltsames Licht. Zwischen den dumpfen Donnerschlägen glaubte Jenkins, eine Stimme zu hören. Zwar verstand er nicht, was die Stimme da sagte, doch er war sich ganz sicher, dass da etwas war. Es begann zu regnen und Jenkins wusste nicht so genau, ob er weiter kundschaften sollte. Doch seine Neugier war so stark, dass er sich durch eine schmale offene Stelle im Gartenzaun zwängte. Es bedurfte schon einiger Anstrengungen, um das dichte Gestrüpp, welches den Grabstein einhüllte zu beseitigen. Als er es schließlich geschafft hatte, richtete er den Lichtkegel seiner Taschenlampe auf die verwitterten Initialen, die einst in den Stein hinein gemeißelt wurden. Er las einen Namen ... Jane Andrews ... Geboren am 8. November 1890 ... Ermordet im Dezember 1916. Jenkins konnte sich keinen Reim darauf machen. Sie war noch so jung ... erst 26 Jahre ... Da vernahm er wieder diese Stimme. Und nun war sie so deutlich zu hören, dass er sie teilweise recht gut verstehen konnte. Es war eine glockenklare Frauenstimme. Sie flüsterte immer wieder die gleiche Worte: „Töte ihn ... töte meinen Mörder ..."... Obwohl der Donner des Gewitters ihre Worte in sich verschlang, konnte er sie dennoch gut hören. War das Jane Andrews? War das die hier begrabene junge Frau? Und was hatte das mit diesem jungen Mann zu tun, der hier lebte? Das Gewitter zog langsam ab und so seltsam es sein mochte, auch Jenkins wollte nicht länger bei diesem sonderbaren Grabstein bleiben. Denn im Schutze des Gewitters war er sicherer als in diesem Moment. Jeden Augenblick konnte der junge Mann am Fenster seines Hauses erscheinen und ihn möglicherweise entdecken. Das wäre dann das Ende seiner Mühen. Jenkins fuhr nach Hause, um sich seine weiteren Schritte zu überlegen. Den Polizeibeamten der Mordkommission sagte er nichts von seinen neuesten Erkenntnissen. Immerhin hatte er ja noch keine handfeste Spur, nur einen winzigen Hinweis. Am nächsten Tag recherchierte er nach dieser ominösen Jane Andrews. Wer war diese unbekannte Frau? Und in welchem Verhältnis stand sie zu dem angeschossenen jungen Mann? Im Lesesaal der Universität fand er einen erstaunlichen Zeitungsartikel. Darin wurde über den mysteriösen Mordfall im Jahre 1890 geschrieben. Jane Andrews war demnach die Ehefrau eines Komponisten, namens Clark Andrews.

Der aber war noch bevor Jane ermordet wurde, an Herzversagen gestorben. Doch im Zeitungsartikel beschrieb der Autor eine seltsame Beobachtung … bei der Beerdigung stand eine ältere Dame an Janes Grab, ihre Tante Corvinia. Diese allerdings wurde als böse und gemein beschrieben. Jane hatte sich nie mit ihr verstanden. Und den Aussagen des Zeitungsartikels zufolge, wollte Jane auch nicht, dass Corvinia jemals in ihrem Hause erschien. Die logische Folgerung war, dass Jane es auch niemals gewollt hätte, dass ausgerechnet diese verhasste Tante an ihrem Grabe erschien. Warum also war sie dennoch dort? Nur um Jane zu ärgern? Das ergab wohl keinen Sinn. Vielmehr glaubte Jenkins, dass Corvinia etwas mit dem Mord an Jane zu tun haben musste. Möglicherweise hatte sie Jane umgebracht? Es wäre immerhin möglich. Doch noch immer gab es keinerlei Verbindungen zwischen dem Schützen auf dem Dach, dem jungen Mann und dieser Jane aus der Vergangenheit. Jenkins raufte sich die Haare. Irgendwo musste es doch diese Verbindung geben! In den folgenden Tagen saß er wieder stundenlang im Lesesaal. Dort fand er schon öfter wichtige Anhaltspunkte bei aussichtslosen Mordfällen. Und auch diesmal fand er etwas ... einen Hinweis auf Janes Tante Corvinia. Sie war bekannt dafür, dass sie sich mit Kräutern recht gut auskannte. Deswegen brachte sie damals oft diverse Kräuter in eine Apotheke. Der Apotheker wiederum wurde eines Tages vergiftet in seinem Haus aufgefunden. Es war stark anzunehmen, dass Corvinia auch ihn umgebracht hatte. Mehr noch … sie galt seither als reiche Frau. Woher sie das ganze Geld hatte, war nicht mehr sehr schwer zu erraten. Mit großer Wahrscheinlichkeit hatte sie es, nachdem sie den reichen alleinstehenden Apotheker vergiftet hatte, an sich genommen. Niemand kam darauf, dass sie dahinter steckte, denn ihr vor Jahren verstorbener Ehemann war Polizeibeamter. So wurde nie gegen Corvinia ermittelt. Und plötzlich entdeckte Jenkins eine merkwürdige Textpassage in einer Familienchronik. Diese hatte die vermisste Tochter von Corvinia heimlich angelegt. Darin stand, dass einerseits sie die Tochter von Corvinia war und andererseits ihr Sohn im Hause des viele Jahre später angeschossenen jungen Mannes lebte. Demnach war dieser angeschossene junge Mann also ein Nachfahre von Tante Corvinia. Keine Frage … aber das Haus, in welchem er lebte, gehörte einst dieser

Jane Andrews. Auch der verwitterte Grabstein unter dem dichten Gebüsch wies ja darauf hin. Durch den Mord an Jane und später auch am Apotheker konnte sich Corvinia nicht nur das Vermögen desselben an sich reißen. Nein, sie bemächtigte sich auch noch des Hauses von Jane. Doch wer war der Schütze, der auf den jungen Mann geschossen hatte? Die Antwort lag genau vor Jenkins in diversen Dokumenten der Stadt! Denn die ermordete Jane Andrews hatte einen Sohn, der von Beruf Advokat war. Der wiederum wusste von der Raffgier seiner Tante Corvinia und hatte sie oft heimlich beobachtet, wie sie giftige Kräuter im Wald sammelte. Aber auch Corvinia kam dahinter, wie er sie beobachtete. Vermutlich mit dem Gewehr ihres Mannes, der bekanntlich bei der Polizei war, erschoss sie ihn. Denn in der Leiche des Advokaten fand man die gleiche Munition, die auch das Gewehr von Tante Corvinias Mann benötigte. Aber auch hier war es wie einst bei Jane ... es wurde nicht weiter ermittelt, weil schon erneut die Spuren eindeutig zu Corvinia tendierten. Es war nun der Geist des Sohnes von Jane Andrews, der noch einmal zurückgekehrt war, um sich am Nachfahren von Tante Corvinia grausam zu rächen. Er wollte ihn erschießen! Doch er traf den jungen Mann nur an der Schulter. Am Tatort aber fand sich seine schwarze Jacke, die niemandem zugeordnet werden konnte. Diese schwarze Jacke hatte ein Loch in der Herzgegend. An dieser Stelle trat damals die Kugel ein, die ihn selbst tödlich getroffen hatte.

So wusste Jenkins, dass er es war, der auf dem Dach stand und geschossen hatte. Tage später fand er auch das Gewehr, mit welchem der Schütze auf den jungen Mann schoss. Es lag im dichten Gebüsch neben dem Grabstein von Jane Andrews. Und es war wie ein Fluch aus der Vergangenheit, denn das Gewehr des Schützen war das gleiche, mit welchem damals Tante Corvinia vermutlich Janes Sohn erschoss …

32. Heimflug

Es war auf dem Flug von Boston nach L.A. Ich war total geschafft, denn mein kleiner Musikladen in der >Fountain Ave< stand kurz vor dem Aus und ich musste mich dringend nach neuen Kunden umsehen.

Ausgerechnet das, was mir am meisten am Herze lag, mein Musikladen, den ich vor fünf Jahren eingerichtete hatte, weil mein großes Idol, Chris Tylor, ein wunderbarer Saxophonist, den ich leider nie zu Gesicht bekam, an jenem Tage gestorben war. Ich wollte nicht wahrhaben, dass dieser Laden wohl nicht mehr lange existieren würde.

In Boston fand ich neue Abnehmer meiner Musikinstrumente und ich wollte entspannt nach Hause fliegen. Schon auf dem Flughafen bemerkte ich das plötzliche schlechte Wetter, das sich über der Gegend entlud. Es hörte einfach nicht mehr auf und ich befürchtete schon, mein Flug könnte gecancelt werden. Doch er wurde es nicht und ich stieg mit wech-

selhaften Gefühlen und einem recht flauen Magen zusammen mit den anderen 150 Fluggästen in die Maschine. Draußen tobte ein grässlicher Sturm und der Regen klatschte heftig gegen die Scheiben. Ich saß am Gang und der Fensterplatz neben mir wurde von einem alten Mann, der mir irgendwie bekannt zu sein schien, belegt. Er sprach nicht ein einziges Wort, lächelte mich stattdessen an und schaute dann immerfort zum Fenster hinaus. Ich fand den alten Mann schon ziemlich merkwürdig, und als die Stewardess erschien, um nach den Leuten zu schauen, wunderte ich mich. Denn von dem Alten nahm sie keinerlei Notiz.
Die Maschine startete und ich wollte es dem alten Manne gleich tun, ich wollte einfach nur schlafen. Doch das Wetter durchkreuzte mein Vorhaben auf eine ziemlich heftige Weise.
Die Maschine rüttelte und schüttelte und immer wieder flackerte das Licht. Seltsamerweise sprach der alte Mann plötzlich mit mir. Er riet mir, den Kopf zwischen die Knie zu nehmen und die Brille abzunehmen. Ich fand das schon sehr

komisch, denn vom Kabinenpersonal wurde diese Sicherheitsstellung noch gar nicht verlangt. Dennoch tat ich es und dann gab es einen heftigen Schlag. Während die übrigen Passagiere wie Spielbälle durch die Maschine geschleudert wurden, blieb ich unbeschadet auf meinem Sitz. Ich verstand das nicht, dennoch kroch in mir die Angst durch alle Glieder. Ich konnte mich schließlich gar nicht mehr bewegen, doch der Alte neben mir strahlte eine solch unbeschreibliche Ruhe aus, dass mir in diesem Moment vollkommen klar war, dass mir nichts geschehen würde. Ich wusste es ganz genau, und dann sagte der Alte: „Brauchst dich nicht zu fürchten. Alles wird gut."
Und es war ganz merkwürdig, aber in diesem Augenblick dachte ich gar nicht über mein mögliches Ableben durch einen Flugzeugunfall nach, vielmehr ging mir mein kleiner Musikladen nicht mehr aus dem Sinn. Die Verträge, die ich in Boston geschlossen hatte, die neuen Geschäftspartner und mein Minus auf der Bank, all das ließ mein Herz schon mächtig stolpern. Der alte Mann aber nahm

meine Hand und hielt sie ganz fest. Dann schaute er mich so seltsam an und meinte schließlich: „Kein Angst. Dein Laden wird nicht untergehen. Du hast doch alles gegeben. Und du weißt das auch. Deswegen sei nicht so ängstlich, denn die Dinge werden sich zum Guten wenden, glaube mir. Ich weiß es ganz genau."
Ich verstand wirklich nicht, woher dieser sonderbare Alte wissen konnte, dass ich solche Schwierigkeiten mit meinem Laden hatte. Mir war es auch irgendwann egal, denn das Flugzeug rüttelte immer heftiger. Als dann auch noch das Licht ausfiel, rutschte mein Herz vollends in die Hosentasche. Ich bebte am ganzen Leibe und fühlte mich dem Friedhof näher als einem Erfolg mit dem Laden. Der Alte allerdings hielt meine Hand noch immer ganz fest und wiegte seinen Kopf langsam hin und her. Er war so unglaublich ruhig, dass ich plötzlich alle Angst und alle schlimmen Gedanken vergaß. Ich sah nur noch seine unglaublich beruhigenden Augen und sein weises Gesicht, das nicht einen einzigen Zweifel an dem, was er gesagt hatte, zuließ. Und mit leiser

Stimme sagte er dann: „Siehst du, es passiert gar nichts Schlimmes. Alles wird gut. Hab nur etwas Geduld." Ich riss mich wirklich sehr zusammen und fühlte mich in der Tat besser als eben noch. Nach einer gefühlten Ewigkeit wurde es tatsächlich wieder ruhig in der Maschine. Die Passagiere saßen in ihren Sitzen als sei gar nichts geschehen. Jeder wollte wohl das soeben Erlebte schnell wieder vergessen oder vielleicht auch verdrängen. Die Stewardess schaute wieder nach den Passagieren und lief lächelnd durch die Sitzreihen. Sie zwinkerte mir aufmunternd zu und ich fasste neuen Mut. Der Alte hatte sich wieder zum Fenster abgewandt und schien zu schlafen. Als wir gelandet waren, nahm ich wie selbstverständlich mein Gepäck aus dem Fach und verabschiedete mich von dem alten Mann. Der nickte nur einige Male und lächelte dann warmherzig und gütig. Wir verloren uns aus den Augen und als ich später in meinem Laden eintraf, staunte ich nicht schlecht. Denn vor der Tür stand ein bekannter Musiker aus der Gegend. Er brauchte neue Musikinstrumente für seine Band und zahlte bar. Die Geschäfte liefen fortan wieder besser und einen Monat später hatte ich so viel Geld eingenommen, wie in den letzten drei Jahren nicht. Ich konnte meine Schulden bei der Bank ausgleichen und gewann sogar in der Lotterie. Die fünfzigtausend Dollar nahm ich für die Sanierung meines Ladens, der mittlerweile so gut lief, dass ich mir sogar ein kleines Auto kaufen konnte. Meine neuen Geschäftspartner aus Boston ließen mich auch nicht hängen. Ich konnte Musikinstrumente in ungeahnter Zahl vertreiben, und nach einem weiteren Jahr leistete ich mir ein kleines Haus in den Hollywood Hills.

Obwohl ich einen solch grandiosen Erfolg zu verbuchen hatte, den ich mir in meinen besten Träumen nicht hätte ausmalen können, vergaß ich doch nie mein Erlebnis in der Maschine. Immer wieder sah ich den gurtherzigen alten Mann vor mir und träumte sogar ab und an von ihm. Es war schon ein merkwürdiger Tag, an welchem ich von Boston nach Hause geflogen war. Es war nicht nur ein Heimflug in meine Stadt, nein, es war auch ein Heimflug zu mir selbst. Selbst das schwere Gewitter, durch welches wir geflogen waren, schien mir aus dieser Distanz wie ein Flug durch meine eigenen schwierigen Zeiten. Doch ich hatte sie überstanden, ich war so stark, all das zu überleben. Und ich staunte, weil ich so unsagbar viel Kraft in mir fand, einfach weiter zu machen.

Eines Tages, ich wollte gerade meinen Laden aufschließen, bemerkte ich eine Illustrierte, die genau vor der Ladentür auf dem Fußboden lag. Ich hob sie auf und starrte in das furchige Gesicht eines alten Mannes, das auf dem Cover abgebildet war. Ich erschrak, denn es war der alte Mann, der damals in der Maschine neben mir saß. Und ich konnte es einfach nicht glauben, aber dieser alte Mann war mein großes Vorbild, welches ich bislang nie gesehen hatte, dessen wundervolle Saxophonmusik ich so sehr verehrte …

Es war der großartige Musiker Chris Tylor, der vor zwanzig Jahren bei einem Flugzeugunglück ums Leben kam!

33. Hexenfluch

Seit vielen Jahren lebte der Fürst, Sir Heidolf schon auf seinem wunderschönen Schloss in den Bergen. Er war schon alt, doch ging er mit der Zeit und hatte sich erst kürzlich eine sündhaft teure Luxuslimousine zugelegt. Die jedoch fraß beinahe sein ganzes Vermögen auf. Über die Jahre hatte er viele Schätze in seinem alten Schloss angehäuft, die er allerdings nach und nach wieder versetzen musste. Doch der allergrößte Schatz war ohne Zweifel seine Tochter Melanie. Sie zählte achtzehn Jahre und sollte nun verheiratet werden. Und obwohl sich die Zeiten stark verändert hatten, suchte der Fürst seit langem einen passenden Prinzen aus einem fernen Lande, der seiner Tochter ebenbürtig sein sollte. Aber es war schwer, jemanden bei seinen zahlreichen Auslandsaufenthalten zu finden. Die Etikette verbat, dass er sich für seine Tochter auf Brautschau begab. Außerdem wollte er es so geheim wie nur möglich angehen lassen. Eines Tages aber meldete sich ein sehr gut aussehender junger Mann im Schloss. Er gab vor, aus dem fernen Russland zu kommen und ein Prinz zu sein. Als Sir Heidolf von ihm wissen wollte, welchem Königshaus er angehörte, zögerte der junge Mann zunächst mit seiner Antwort. Doch dann klärte er den Fürsten auf, dass er Lord Nikki von Arnulfstein sei und über ein sagenhaftes Vermögen, in Höhe von sage und schreibe 1,3 Milliarden Dollar verfügte. Dem Fürsten verschlug es beinahe die Sprache, und er fand die Art und Weise, wie auch die Zurückhaltung des vermeintlichen Prinzen sehr anständig. Er wollte ihn deswegen unbedingt als seinen Nachfolger deklarieren. Außerdem wollte er seine Amtsgeschäfte und das Schloss endlich einem Erben übergeben, der auch das Anwesen wieder gehörig auf Vordermann bringen würde. Melanie jedoch, die den Prinzen bereits heimlich beobachtete, wollte ihn nicht. Sie wollte gar nicht erst mit ihrem Vater darüber sprechen, doch der Fürst ließ nicht mit sich reden. Und nachdem er sich den ganzen Tag zurückgezogen hat-

te, um nachzudenken, unterbreitete er am Nachmittag seiner Tochter schließlich den lang durchdachten Entschluss. Er wollte, dass Melanie diesen jungen Prinzen heiratete. Bis zur Hochzeit sollte er nun als Gast im Schlosse weilen. Ihm wurde ein gemütliches Zimmer im Westflügel des Schlosses hergerichtet, in welches er mitsamt seiner Habe, die er sich später nachschicken ließ, einzog. Doch schon eine Woche später war die sprichwörtliche Hölle los. Aufgeregt lief das Personal durch die Gänge des Schlosses, und alle hatten nur ein einziges Thema … der Anwärter auf die Hand der Fürstentochter war tot!
Man fand ihn leblos in seinem Bett liegend, und in seiner Brust steckte ein Dolch. Das fatale an der Angelegenheit aber war, dass dieser Dolch ausgerechnet dem Fürsten selbst gehörte. Er war eine Trophäe, die sich seit dreihundert Jahren von Generation zu Generation weiter vererbte. Der Fürst war vollkommen außer sich und plapperte den ganzen Morgen lang nur wirres Zeug. Als ihn schließlich Kommissar Spencer von der

Kripo verhörte, redete sich der Fürst um Kopf und Kragen. Nervös und ängstlich gab er zu, dass es sich um seinen eigenen Dolch handelte und dass er am Abend noch im Zimmer des jungen Prinzen war, um mit ihm zu sprechen. Bei diesem Gespräch überschrieb der Prinz dem Fürsten sogleich eine größere Geldsumme, damit die Hochzeit und alle sonstigen Auslagen beglichen werden konnten. Zudem sollte die Fürstentochter Melanie sofort einen Betrag, von mehreren Millionen Dollar erhalten, damit sie vorm Altar auch wirklich „Ja" sagte. Da überdies das Schloss des Fürsten dringend renovierungsbedürftig war und auch schon Personal entlassen werden musste, weil das Geld ausging, hatte er nun auch ein Motiv. Spencer vermutete, dass die vermeintlichen Mühen des Fürsten, der Tochter Melanie einen Mann zu versorgen, nur einen einzigen Sinn hatten … nämlich den, einen reichen Mann zu finden, um sich dann an seinem Geld zu bedienen. Dennoch passte das alles nicht so recht zusammen. Denn es wäre ja viel zu offensichtlich, wenn sich der Fürst am

Geld eines Ermordeten labte. Außerdem war die Fürstentochter noch nicht einmal mit dem Prinzen verheiratet. Es wäre doch viel besser, wenn der Geldgeber am Leben bliebe und irgendwann eines natürlichen Todes starb, während das Schloss auf Vordermann gebracht wurde. Nein, der Tod des jungen Prinzen musste einen völlig anderen Hintergrund haben. Hatte vielleicht Melanie selbst …? Doch warum hätte sie das tun sollen? Sie wäre ja reich verheiratet worden und würde im Falle einer Trennung auf keinen Fall verarmen. Auch diese Vermutung schob Spencer schnellstens beiseite. In diesem Schloss musste es irgendein Geheimnis geben. Als der Dolch auf Fingerspuren untersucht wurde, fanden sich keine darauf. Hatte sie der Täter bereits abgewischt? Dem Kommissar fiel jedoch eine schwarz gekleidete Zimmerfrau auf. Sie war die einzige, die trotz des wirren Durcheinanders im Schloss schweigend durch die Gänge schlich. Sie war schon alt und ihr Gesicht zeigte tiefe Falten. Spencer beobachtete sie genau. Doch sie schien das zu bemerken und fragte ihn:

„Ich sehe, dass Sie mich immerzu beobachten. Haben Sie vielleicht schon einen bestimmten Verdacht?" Spencer war professionell genug um zu wissen, dass er dieser Frau die Wahrheit sagen musste. Wenn er flunkerte oder ihr etwas vormachen wollte, würde sie es sofort bemerken. Er gab zu, dass er darüber nachdachte, wie sie zu dieser Sache stünde. Die Kammerfrau senkte den Kopf und sprach leise ein Gebet. Dann schaute sie den Kommissar nachdenklich an und munkelte: „Ich muss Sie enttäuschen. Ich habe den jungen Herrn nicht erstochen. Doch ich weiß von einem Geheimnis, welches wie ein Fluch über diesem Schlosse liegt. Vor dreihundert Jahren wurde auf dem Schloss schon einmal jemand ermordet. Es war eine Kräuterhexe, deren Name mir leider unbekannt ist. Sie lebte lange hier. Doch bevor sie auf dem Scheiterhaufen verbrannte, sprach sie einen bösen Fluch. Ihre Überreste wurden auf dem alten Friedhof, der sich einst hier befand, beerdigt. Doch wenig später wurde der Friedhof eingeebnet. Nichts sollte mehr an die alte Kräuterhexe erinnern ..." Spencer wusste nicht so genau, ob er der alten Kammerfrau glauben sollte oder nicht. Immerhin hatte er sich schon einige skurrile Aussagen zu diesem Fall anhören müssen. Doch von einem alten Friedhof hatte bisher noch niemand gesprochen. Er ließ sich die alten Baupläne des Schlosses zeigen und stellte fest, dass es im Jahre 1703 tatsächlich eine solche Baumaßnahme gab. Außerdem war deutlich sichtbar, dass sich zuvor an dieser Stelle ein Friedhof befand. Er wollte mehr über diese seltsame Kräuterhexe erfahren. Doch die Informationen waren spärlich. Niemand wusste so genau, ob sie überhaupt gelebt hatte, geschweige ihre Gebeine einst auf dem Friedhof begraben lagen. So musste sich Spencer allein auf die Suche begeben. Er untersuchte die alten Schlossmauern und durchsuchte die alten Katakomben, die sich unter dem Schloss befanden. Lange fand er nichts, doch eines Abends entdeckte er ein altes schmiedeeisernes Kreuz, welches verrostet und teilweise von Schutt bedeckt in einer Ecke lag. Mühsam zog er es unter dem Geröll hervor und befreite es von dem darauf befindlichen Schmutz. Er fand eine Inschrift, einen Namen, der in das Metall eingearbeitet war. Doch die Schrift war einfach nicht mehr richtig zu erkennen. Mit viel Fantasie glaubte er den Namen „Lina Essex" zu entziffern. Doch ob es sich bei dieser Dame um die sagenhafte Kräuterhexe handelte, wusste er nicht. Noch einmal befragte er die Zimmerfrau. Doch die gab nochmals vor, den Namen der Hexe nicht zu wissen. Und so nahm sich Spencer vor, selbst eine Nacht in den Katakomben zu verbringen. Zwar glaubte er eher nicht an überirdische Mächte, an Hexen und böse Zauber. Doch ein seltsames Gefühl veranlasste ihn, diese letzte Möglichkeit in Betracht zu ziehen. Dazu holte er sich die Geisterseherin Liane Hartford ins Schloss. Ihr eilte der Ruf voraus, sie spürte sogar die schwächsten Erdstrahlen auf und könnte gute und bösartige Geister sehen. Miss Hartford war eine junge, sehr gut aussehende Frau, die eigentlich mitten im Leben zu stehen schien. So wunderte sich der Kommissar, dass sich diese Dame mit

Zauberei und Geistern befasste. Doch Miss Hartford beruhigte ihn. Sie meinte, dass sie lediglich die Energie spürte, die von diversen Objekten ausging, mehr nicht. Sie sagte, dass zu ihrer Tätigkeit keine große Zauberei und schon gar keine übernatürliche Hexerei gehörten. Gemeinsam schritten sie die alten verwitterten Steintreppen ins Kellergewölbe hinab. In dem Raum, wo der Kommissar das eiserne Kreuz gefunden hatte, stellten sie ihre Liegestühle auf und richteten sich für die Nacht ein. Außerdem hatte sie etliche elektronische Gräte mitgebracht, die sie an den rauen Felswänden platzierte. Sie schloss die Geräte an einen merkwürdigen Oszillographen an, von dem sie meinte, er würde die Energiestrahlen messen und schließlich auch aufzeichnen. Eher misstrauisch beobachtete Spencer die Aktivitäten der Seherin. Draußen tobte unterdessen ein heftiges Gewitter und das eindringende Regenwasser lief an den Felswänden hinunter. Es war kalt und feucht und sehr unbehaglich. Doch die beiden harrten eisern in dieser halbdunklen Einsamkeit der Katakomben aus. Bis Mitternacht verging die Zeit recht schnell. Miss Hartford saß vor ihrem Oszillographen und wertete die Kurven aus. Schließlich drehte sie sich zu Spencer um und meinte, dass sie noch nichts bemerkt habe, was auf eine erhöhte Energie oder auf eine Geistererscheinung hindeutete. Spencer rollte mit seinen Augen und stöhnte.

Sollte das Ganze vielleicht doch der falsche Weg gewesen sein? Aber wie sollte er sich sonst auf die Spuren einer Kräuterhexe begeben, bei welcher er ja nicht einmal wusste, ob es sie überhaupt gab? Gerade fielen ihm die Augen zu, da zischte plötzlich Miss Hartford: „Da … da ist was! Ich sehe es genau! Starke Energiefelder sind im Raum!" Vielsagend deutete sie mit ihrem Zeigefinger auf eine stark ausschlagende Kurve. Verständnislos beäugte sich Spencer die Kurve und sagte dann gelangweilt: „Na und … das sagt noch gar nichts." Doch Miss Hartford schien vollkommen aus dem Häuschen zu sein. Immer wieder deutete sie auf die heftig ausschlagende Kurve und schloss schließlich ihre Augen. Dann flüsterte sie beschwörend: „Wir müssen jetzt ganz still sein, sonst vertreiben wir sie wieder. Sie ist hier. Lina Essex ... die Hexe ... sie ist es ... sie ist hier! Ich sehe sie genau. Sie will uns irgendetwas sagen ..." Der Kommissar hatte längst bereut, sich auf diesen Hokuspokus eingelassen zu haben. Doch er musste diese vollkommen verrückte Nummer jetzt durchstehen und kam da nicht mehr raus. So spielte er einfach mit und erkundigte sich nach dem Aussehen der vermeintlichen Hexe. Doch Miss Hartford schwieg und deutete plötzlich auf die Felswand vor sich. Da flimmerte etwas und der Kommissar traute seinen eigenen Augen nicht mehr. An der Felswand erschien eine alte Frau in langen schwarzen Kleidern und starrte die beiden schweigend an. Sie hielt etwas in der Hand. Es sah aus wie Papierbogen. Miss Hartford näherte sich der Erscheinung und blieb in respektvollem Abstand regungslos stehen. Und selbst Kommissar Spencer starrte wie gebannt auf die fluktuierende Felswand. Noch immer schien er sich nicht damit abgefunden zu haben, dass es zwischen

Himmel und Erde wohl doch mehr zu geben schien, als er bislang zu glauben bereit war. Kopfschüttelnd betrachtete er sich die alte Frau und studierte ihr Gesicht. Sollte das wirklich diese Kräuterhexe sein? War das Lina Essex? Er hielt es einfach nicht mehr aus und wollte der Sache auf den Grund gehen. Vorsichtig erhob er sich und wollte sich der Felswand nähern. Doch da blitzte das Bild grell auf und verschwand. Miss Hartford war entsetzt. Laut schrie sie den Kommissar an: „Sind Sie verrückt! Sie haben den Geist nun für immer verjagt und alles war für die Katz!" Doch so ganz für die Katz schien das Ganze wohl doch nicht gewesen zu sein. Irgendetwas segelte vor der Felswand zu Boden. Miss Hartford bückte sich und hob es auf … Es waren jene Papierbogen, die die rätselhafte Frau in ihren Händen gehalten hatte. Wie war es nur möglich, dass die Bogen in die Wirklichkeit und damit in die heutige Zeit gelangten? Konnte so etwas wirklich funktionieren oder war das alles nur ein großer Spuk und sinnreich eingefädelt von dieser angeblichen Geisterseherin

Miss Hartford? Auf den Bogen war ein undeutlicher und handschriftlich verfasster Text zu sehen. Doch es half nichts, diesen Text an Ort und Stelle zu entziffern. Da sich die ganze Nacht über keinerlei Energieschwankungen mehr zeigten, brachen die beiden schon sehr früh am nächsten Morgen die Untersuchung ab. Spencer bedankte sich bei Miss Hartford und ersuchte sie, Stillschweigen über das Erlebte zu wahren. Dann gab er die Textbogen zur Untersuchung ins Polizeipräsidium. Dort stellte sich heraus, dass die Papierbogen circa dreihundert Jahre alt waren. Und sie gehörten tatsächlich einer Lina Essex, die man als Kräuterhexe verbrannte. Zuvor aber war sie die Ehefrau des Fürsten von Finkenbart. Sie hatte also den alten Sir Finkenbart geehelicht, dem einst dieses Schloss gehörte. Als sie schließlich hinter die heimlichen Liebschaften des Fürsten kam, wusste sie zu viel und hätte wegen ihrer Unbefangenheit dem Fürsten gefährlich werden können. So wurde sie kurzerhand zur Kräuterhexe abgestempelt und musste fortan jahrelang ihr Dasein in den Katakomben des Schlosses fristen. Letztendlich wurde sie in einer Nacht- und Nebelaktion zum Tode verurteilt. Noch vor dem Scheiterhaufen rief sie laut: „Ihr könnt mich zwar töten, doch wird mein Fluch über Euch kommen! Wenn in dreihundert Jahren ein männlicher Nachfahre meines Mörders an dieses Schloss zurückkehrt, um hier als Fürst zu leben, wird er sterben …" Wenig später verschwand der alte Sir Finkenbart bei einer Wildschweinjagd und wurde nie mehr gefunden. Damit hatte Spencer einen Teil des Geheimnisses gelüftet. Es gab also diese sagenhafte Lina Essex, die beim damaligen Fürsten in Ungnade fiel und umgebracht wurde. Selbst der Dolch, mit welchem der junge Prinz dreihundert Jahre später ermordet wurde, gehörte der alten Fürstin. Sie hatte sich ihn zu Verteidigungszwecken schmieden lassen.

Als der Kommissar den Stammbaum des ermordeten jungen Prinzen genauer studierte, bemerkte er, dass dieser ein direkter Nachfahre des damals verschollenen Fürsten von Finkenbart war. Als er schließlich zum Schloss kam, um irgendwann die Fürstentochter Melanie zu ehelichen, erfüllte sich Linas Fluch auf grausame Weise. Denn es war Sir Finkenbart selbst, der damals den Scheiterhaufen unter seiner Noch-Ehefrau Lina Essex entzündete …

Düster sind die Straßen heut
Feucht zieht Nebel durch dies Land
Nirgends Menschen, keine Leut
Wenig Hoffnung, keine Freud
Auf der Stirn mein´ kalte Hand

Leise schleich ich durch die Zeit,
durch die Welt, die mir so fremd
Nirgends Menschen, nirgends Leut
Und der Tag ist noch so weit
Auf mir klebt das dünne Hemd

Da, ein Blitz, ein Donnerschlag
hellt die Nacht, die Hölle auf
Noch so weit der neue Tag
Geister flüstern unverzagt
Und ich flieh in schnellem Lauf

Doch die Schritte, die ich tu,
sind wie nichts, ich bleib am Ort
Tief in mir ist keine Ruh
Viel zu eng die alten Schuh
Und man hört kein Schrei, kein Wort

Schweißgebadet wach ich auf
Immer noch ist´s trüb und kalt
Doch da ist kein Geist, kein Lauf
Und ich atme wieder auf
Es war nur ein schlimmer Alb